UN ROI DEVANT SES PAIRS.

OUVRAGES DE L'AUTEUR :

I. *Le Prêtre devant le Siècle;* où l'on réduit à ses plus simples termes et à l'éclat de la démonstration, le système tout entier de l'Eglise Romaine. Soumis à tous les Savans qui, en France, vont aujourd'hui à la recherche d'une Religion.

In-8°. Prix 1 fr. 25. —Avril 1835.

(Près de 1000 exemplaires de cet ouvrage, auquel tous les partis ont rendu une justice éclatante, ont été vendus en moins d'un mois; il s'en prépare une édition in-12).

Traité des Devoirs Catholiques dans les révolutions, in-8°. Prix 3 fr. 50. La 1re édition a paru sous le titre de : *Manifeste des Catholiques sur le devoir de soumission aux Puissances.*

IMPRIMERIE ET FONDERIE DE A. PINARD,

QUAI VOLTAIRE, 15, A PARIS.

UN ROI DEVANT SES PAIRS;

OU L'ON CONSIDÈRE

LA CLÉMENCE INDÉFINIE

COMME LE SEUL MOYEN, POUR UNE DYNASTIE POPULAIRE, DE SE FAIRE PARDONNER SON ORIGINE.

PAR A. M. MADROLLE.

« Une seule fois, j'ai trouvé quelques jours de repos (depuis les Trois jours) : je me hâtai de saisir Tacite. »

(M. Thiers, à l'Académie.)

« L'Empereur ayant demandé à Clémens comment il était devenu Agrippa, il répondit : *Comme tu es devenu César*.....

« *Percunctanti Tiberio, quomodò Agrippa factus esset? Respondisse fertur : Quomodò tu Cæsar....* »

(D'Alembert, *Morceaux choisis de* Tacite, p. 88.)

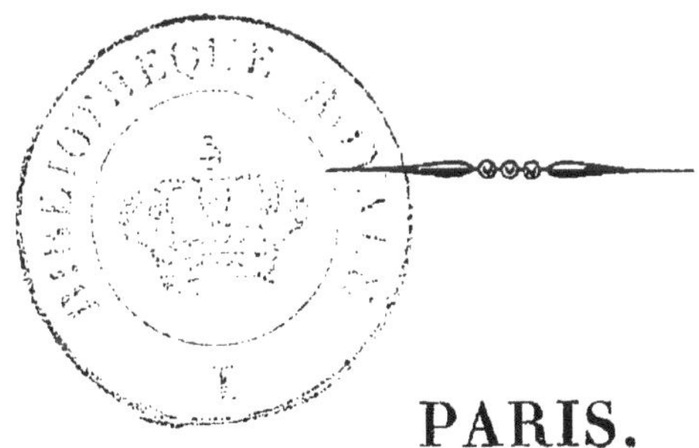

PARIS.

CHEZ DERIVAUX, LIBRAIRE-ÉDITEUR

RUE DES GRANDS-AUGUSTINS, N° 18.

1835

« On a dit, avec raison, que, dans les discordes civiles, il n'y A POINT DE COUPABLES, mais seulement des vainqueurs et des vaincus. »

(CARNOT, *Mémoire au Roi....* de 1814!)

« Voilà des Vérités dites hardiment et par pur zèle. Je ne vous fais pas un discours tissu de flatteries et d'impostures, qui vaut de l'or à l'orateur. Ou changez de conduite; ou, si tout périt, *ne vous en prenez qu'à vous-mêmes.* »

(DÉMOSTHÈNES, Péroraison de la dernière *Philippique*).

TABLE DES SUJETS DE L'OUVRAGE.

FIN DE LA TABLE.

A Tous les Partis,

UN AMI DE LA PAIX.

Aux hommes du Gouvernement, nous pouvons dire, à plus juste titre que M. Thiers à l'Académie Française : « Messieurs, il est des temps où TOUTES CHOSES PEUVENT SE DIRE IMPUNÉMENT, où l'on peut, sans danger, reprocher aux hommes publics d'avoir opprimé les vaincus, trahi leur pays, manqué à *l'honneur;* c'est quand ils n'ont *rien* fait de pareil, c'est quand ils n'ont *ni opprimé* les vaincus, *ni trahi* leur pays, *ni manqué* à l'honneur. »

Aux Honnêtes gens, aux hommes pacifiques, aux hommes attachés par intérêt ou par devoir au nouvel ordre de choses : « Vous ne nous accuserez pas d'avoir eu seulement la pensée de justifier ou d'encourager l'insurrection : nous avons publié, comme condition de cet ouvrage, un *Traité des devoirs catholiques dans les révolutions*.

Au Gouvernement, à la Dynastie, nous dirons en outre : « Ne croyez pas que nous ayons eu l'intention d'ajouter un procès à tant de procès, un accusé à tant d'accusés. Tout ce que nous avons voulu, tout ce que nous devons avoir voulu, c'est de vous rendre plus sensible et plus impérieux le devoir où vous êtes, dans votre intérêt encore plus que dans le nôtre, de proportionner votre sévérité à votre héroïsme, en tous cas à votre date ; et, cela, sous peine de l'arrêt si spirituellement formulé, motivé avec tant de logique, par M. Nettement, dans la *Quotidienne* du 17 mai.

Si nous semblons indiquer vos fautes ou plutôt les fautes de votre position, avec plus de complaisance que celle de vos adversaires, c'est que nous croyons, profondément, à la toute-puissance du plus faible des gouvernemens, et que les infortunés, même en colère, sont des choses sacrées : *Res sacra, Miser.*

En dressant le passif du bilan de votre fortune, nous avons voulu (tant est grande la force d'une conscience politique) en écartant les objections qu'on vous fait, écarter vos ennemis.

Aux Royalistes de Prague : « J'ai bien voulu vous rappeler vos fautes, mais aussi vos titres, en vous faisant le tableau de vos successeurs. »

Aux Républicains de France : « J'ai dit votre courage, vos malheurs, mais aussi votre défaut, c'est celui des grandes ames : la sainte indignation à la vue de l'iniquité générale. Les plus justes en apparences en sont la cause, au *prorata* de leurs inconséquences; et sans les anciens républicains, on concevrait assez mal les monarchies nouvelles. Avec beaucoup de philosophie, on s'éloigne de la royauté; avec davantage, on y revient.

Je connais, nous connaissons, nous reconnaissons trop bien le noble côté des hommes divers auxquels nous nous adressons, pour n'en être pas écouté.

Nous dirons encore, à tous les Partis : « Nous vous avons vus tous aux prises, et ne cédant chacun que devant la force.

Il y avait une autre puissance capable de se faire entendre au milieu des conflits universels;

Cette puissance, seule royale, seule populaire aujourd'hui, consistait à montrer hardiment ce qu'il y a de vrai, de fort, mais aussi ce qu'il y a de faux dans tous les partis :

C'est ce que nous avons fait pour le plus grand bonheur et pour la plus grande gloire du plus grand nombre.

A ceux enfin qui seraient tentés de nous objecter la nouveauté de notre langage, nous apprendrons qu'il est l'expression de la plus ancienne pensée, de la plus intime conviction que nous ayons jamais eue. Jusque dans le *Mémoire au Roi* qu'on trouva jadis si absolu, et qui serait aujourd'hui si modéré, nous avons dit ces paroles, qui nous sont aujourd'hui chères : « Nous ne voudrions pas de châtiment, nous ne dirons pas à la Force ou à Sainte-Pélagie, mais seulement dans une maison de santé, pour les accusés politiques coupables, lorsque nous voyons, sous des lambris dorés, les ministres qui les ont laissés le devenir. »

AVANT-PROPOS

QUI DOIT ÊTRE LU ET RETENU.

Il s'agit, en apparence, d'une très petite fraction du peuple, car qu'est-ce que cent trente hommes, la plupart jeunes, pauvres, isolés, dédaignés peut-être, au milieu de trente millions d'ames qui constituent le peuple français?

C'est le peuple français, pourtant!

Car c'est le seul peuple, ou, si l'on veut, le seul représentant du peuple qui se remue, et qui remue.

Tout le reste (1) regarde, laisse faire, souffre;... il est vrai qu'il a commencé par laisser souffrir!

(1) Le juste-milieu, le tiers-parti, si bien représenté et *Présidé* par M. Dupin, et si mal, ou si l'on veut encore, si bien rendu dans sa brochure sur la *Révolution de* 1830 :

« Au lieu de courir sans cesse des chances nouvelles, de rêver encore des changemens, d'abattre toujours sans savoir que réédifier!... tâchons d'oublier un peu nos dissensions, et de rallier les esprits, de diriger l'effort de nos capacités vers le bien public, et d'assurer à la France cette prospérité dont parlent tant d'écrivains et d'orateurs, mais qui ne peut trouver place au milieu de la mobilité des esprits et de l'inconstance perpétuelle des résolutions.

« Dans l'état actuel de notre civilisation, la classe qu'on appelle intermédiaire fait la force de la nation; elle est la plus laborieuse, la plus éclairée, *la plus virile; elle est héroïque dans les combats*, intelligente dans les arts, le commerce et les travaux de l'industrie;

J'ai donc vu le plus grand sujet de politique, et même de religion, dans le petit *Procès d'avril*.

Après avoir considéré, un moment, *Le* véritable *Prêtre*, où j'ai vu Dieu, je n'ai rien imaginé de plus grand à voir, et à faire voir, je ne dirai pas qu'un roi, mais que le dernier des prévenus d'avril (1).

Un Prince, même légitime, n'est rien, en un sens,

elle ne peut supporter la servitude; elle aime avec passion la patrie, la gloire et la liberté! Mais, je le dis avec douleur, elle s'entend mal à conserver ce qu'elle a conquis. La gentilhommerie sait très bien ce qu'elle regrette et ce qu'elle voudrait ressaisir; le parti-prêtre, c'est-à-dire ceux qui veulent faire servir la religion au succès d'une ambition toute mondaine, le savent également: légitimistes et ultramontains savent faire des sacrifices individuels, des sacrifices de plus d'un genre au succès de leurs idées, de leur caste, de leur parti. *Mais nous autres, hommes populaires, qu'on appelait jadis le tiers-état, nous savons seulement ce que nous ne voulons pas.* Après une chose renversée, c'est une autre, et puis une autre encore, et toujours du nouveau. *L'envie nous tue, la jalousie nous dévore ;* trop nombreux pour arriver tous, nous ne pardonnons à personne d'arriver seul ou d'arriver le premier ; et trop souvent, après de sublimes efforts pour conquérir la puissance, nous offrons à nos adversaires naturels mille occasions de la ressaisir et de s'en emparer !... . . . .

« Voilà ce qui décourage les bons citoyens et enhardit les factieux.

« Je le répète : SACHONS NOUS FIXER. »

Il fallait commencer par savoir vous FIXER, vous, M. Dupin!...

(1) J'ai bien quelque qualité particulière pour intervenir dans le grand antagonisme où la société tout entière est partie, et pour le juger à mon tour : j'ai commencé ma carrière politique par la défense du général Veaux et de la famille du duc de *Bassano* accusés de la conspiration de la Côte-d'Or au 20 mars, dans un écrit que Lally-Tollendal fit relier à coté de ses *Mémoires* filials, et dont j'ai ouï réciter par cœur des morceaux à M. Villemain, aujourd'hui juge à la Cour des Pairs.

en regard d'un homme. Quant à sa personne, elle ne diffère pas, que je sache, d'une autre.

Elle est plus ou moins bien née, plus ou moins capable, plus ou moins loyale, plus ou moins estimable, plus ou moins odieuse.

Louis-Philippe, en tant qu'homme, époux, père de famille, en tant que propriétaire, et même administrateur politique, me paraît, aujourd'hui mieux que jamais, un personnage très remarquable, un prince plus remarquable encore.

En tant que *Roi des Français*, il a, selon moi, toutes les qualités qu'il est permis d'avoir lorsqu'on n'est pas né *Roi de France :* je le préfère à l'hypocrite Cromwel (1), parce qu'il ne me semble que prudent; je l'aime mieux que Bonaparte, parce qu'il est, à tout prix, ami de la paix.

Si, à défaut d'un roi que ses précédens fassent regarder comme sacré, j'avais eu à voter un roi nouveau, moi, j'aurais donné mon suffrage à Louis-

(1) Voici l'épitaphe *de Cromwel,* par un mauvais poète du siècle de Louis-le-Grand, laquelle vaut mieux que son *Histoire* par le petit Grand-maître de l'université de nos jours :

Ci-gît l'usurpateur d'un pouvoir légitime,
Jusqu'à son dernier jour favorisé des cieux ;
Dont les vertus méritaient mieux
Que le trône acquis par un crime.
Par quel destin faut-il, par quelle étrange loi,
Qu'à tous ceux qui sont nés pour porter la couronne,
Ce soit l'usurpateur qui donne
L'exemple des vertus que doit avoir un roi ?

Philippe, comme on fit il y a neuf cents ans à Hugues-Capet, parce qu'il est le plus grand propriétaire, et l'un des honnêtes hommes du royaume.

Il avait, de plus que le chef de sa race, toute sa race de neuf siècles, le titre particulier de petit-fils de Louis-le-Grand (1), et le titre, plus décisif, de fils de l'homme qui fit le plus de mal à la France au XVIIIme siècle : car il devait, à moins d'être un monstre, se trouver le roi le plus capable de faire oublier, et même de réparer, son père....

Je lui voyais, surabondamment, une femme digne du plus pur sang des Bourbons, et une famille toute pleine de rois en espérance (2).

Ainsi, j'aime Louis-Philippe, autant qu'il est possible d'aimer un roi qu'on n'a jamais vu et qu'on ne verra probablement jamais ; je le respecte, même comme roi, autant et plus que ceux qui l'ont élu ;

(1) Louis-Philippe descend de Louis XIV, au 4e degré ; Charles X, au 5e seulement.

(2) Et puis, et ce n'est pas la moindre raison, je voyais, dans Louïs-Philippe, un homme qui souriait même à un grand nombre de hardis républicains (Lafayette lui-même y voyait toute une *république*, et même la *meilleure*). Déjà le fameux Algernon Sidney disait, lors de la conspiration du duc de Monmouth : « Peu m'importe qu'un roi d'Angleterre ait le nom de *Jacques de Montmouth* ou de *Jacques d'Yorck*. Mais tout ami de la liberté, s'il lui faut subir la royauté, doit préférer un roi dont le titre *équivoque* sera au moins le garant de ses ménagemens pour la liberté du pays. » Ces paroles nous font connaître le véritable motif qui plus tard détermina la plus grande partie de l'aristocratie à se rallier à Guillaume. Le plus grand des légitimistes de nos jours, M. de Chateaubriand, demandait moins pour constituer une légitimité, jusque dans sa brochure *De Bonaparte et des Bourbons* : « Au défaut, des droits de la naissance, dit-il, un usurpateur peut légitimer ses prétentions au trône par des vertus. »

et cela, au nom de Dieu et de la paix dont j'ai besoin, moi qui ne l'ai pas fait, qui eût voulu le prévenir ; je le défendrais, je crois même aujourd'hui le défendre, comme roi quasi-légitime; car, la légitimité est, comme le temps dont elle est faite, plus ou moins longue, plus ou moins complète. Elle est, pour moi, chose tellement divine, tellement populaire, que je la révère jusque dans son ombre. Je préfèrerais une légitimité de *trois jours* à celle de vingt-quatre heures : la légitimité de neuf siècles, elle-même, elle surtout, doit gagner à cela (1)!

Mais j'aime, mais je respecte, mais j'ai à défendre encore plus ma patrie; le nouveau roi ne saurait, ni la Charte, ni la justice non plus, exiger un amour ou des devoirs différens.

Quant aux autres rois *Prétendans*, héritiers, en ligne droite, de trente-six souverains, dans lesquels

(1) Je ne fais pas même difficulté de dire, parce que je crois savoir assez *singulièrement* l'histoire de France pour en être convaincu, qu'à son *principe* et à sa *position* près, Louis-Philippe, pris individuellement, est peut-être le plus intelligent, le plus actif et le plus sage des rois que la France ait eus depuis Louis XIII, lequel ne sera jamais trop connu. Louis XIV ne nous semble le plus *grand*, que parce qu'il fut le plus orgueilleux et le plus immoral de son royaume, et qu'avec ces deux grands principes des révolutions de 1789 et 1793, et par eux, il eut, à sa solde, toute la cohue des hommes de lettres et des prétendus *classiques*, c'est-à-dire des écoliers du temps. Sans cela, soyez-en sûrs, Voltaire n'eût pas fait son *Siècle de Louis XIV*.

Dans un autre cas, et sous d'autres rapports, j'ai fait et je ferais l'éloge du roi que je juge ici avec tant de sévérité; car ce roi a fait des inconséquences sublimes, dont l'histoire est encore à écrire.

l'histoire, gâtée par tous les autres, n'a noté qu'un tyran, je les honore; malheureux, je les aime; résignés, je les admire. Mon cœur est à Prague, ma raison au Palais-Royal, mon corps à l'Hôtel-de-Ville. Royaliste par conscience, je suis par nature indépendant. Au fond, lorsque j'y pense bien, je ne me trouve, nominativement, pas plus royaliste que républicain, pas plus partisan d'Henri V que de Charles X, pas plus catholique que philosophe.

Je suis l'ami né, l'ami intime, de tous les partis, parce que je crois tous les partis, à peu près, également innocens, également vertueux, également coupables.

Ils sont, à mes yeux, tous solidaires.

Sans cela, je ne pourrais jamais me rendre raison de l'amour réciproque que les hommes, et que les ennemis surtout se doivent.

Sans *l'indifférence,* bien entendue, *en matière de religion* et de politique, il n'existe point de fondement à la charité chrétienne.

La différence, et même l'opposition qu'il y a, entre tel parti et tel parti, tel homme et tel homme, n'est sensible qu'à Dieu, qui seul est compétent pour la juger.

C'est l'explication, toute simple, de cet écrit et de quelques autres, qui, sans cela, seraient des erreurs.

Si j'ai attendu si tard pour demander, à grands

cris, et à tout prix d'amour propre, l'amnistie, c'est par respect pour le pouvoir qui devait en avoir tous les avantages. Mais, puisqu'il ne l'a pas voulu, je donne un libre cours à ma pensée. J'écris aujourd'hui à côté d'un volcan, de peur d'avoir à gémir inutilement un jour sur un tombeau!

J'ai ouï dire que le roi voulait personnellement l'amnistie, la veille même de sa fête, mais qu'un courtisan voulut lui en démontrer, et lui en fit craindre le péril. Il ignorait, ce courtisan, que *Tubéron* s'efforça aussi de détourner César de pardonner à Ligarius, et que Cicéron flétrissait, depuis près de vingt siècles, le conseil du vil courtisan, par ce mot sublime : Vous demandez, quoi? qu'on ne fasse pas grâce! ce mot n'est *ni d'un homme,* ni *à un homme : Hunc quid dices? cave ignoscas! hæc nec hominis, nec ad hominem vox est.*

Il ignorait, le nouveau *Tubéron*, ce qui est moins étonnant, que Sully dit à Henri IV (voy. ses *Mémoires,* tome III) : « Sire, il faut de grands tempéramens là où TOUT LE MONDE A DES DROITS, OU CROIT EN AVOIR, même les plus coupables » !!!

Il ignorait, ce qui se conçoit encore mieux, la raison profonde, et décisive, que le plus justement célèbre des ministres de Bonaparte, Fontanes, en avait donnée, dans *l'Histoire de Louis XI* : « Tous veulent être souverains, dès qu'*un seul* n'est plus digne de l'être » !!!

Il ignorait enfin, que le plus méditatif de ses collègues, M. Guizot, avait dit, comme conclusion de son écrit intitulé : *Du Gouvernement représentatif :* « La France est facile à gouverner.... les partis ne sont redoutables que lorsqu'ils ont, DANS LA NATION MÊME, des racines profondes. »

Si l'on en juge par le nombre des accusés mis en jugement ; par le nombre, plus grand encore, des accusés renvoyés ; par le nombre de défenseurs officieux ou d'office, qui font de cette affaire leur propre affaire ; par l'appareil, enfin, largement militaire, mis à prévenir l'évasion des accusés, ou l'invasion de leurs protecteurs, il faut avouer, que le parti d'avril ne manque point *de racines dans la nation;* qu'il est assez *redoutable* pour le gouvernement, et que, comme tel, il mérite assez bien une amnistie ! « Rien, dit M. Guizot, à la page 116 de son beau Traité de l'administration *De la justice politique*, rien ne corrompt l'esprit des peuples, comme une administration partiale de la justice criminelle. Rien n'échauffe les passions, les haines de parti, comme le spectacle de l'iniquité *dans les procédures* et dans les jugemens. Voulez-vous que les citoyens s'accoutument à respecter réciproquement leurs intérêts, leurs droits ? qu'ils aient sous les yeux un exemple continuel de *ce respect dans le sanctuaire* où tous les droits et tous les intérêts viennent aboutir. »

POINT DE DÉPART HISTORIQUE.

CONTRAT SOCIAL RÉEL, ET AVOUÉ.

§ 1er.

Premières déclarations de Louis-Philippe.

« Duc de Mortemart, si vous voyez le roi avant moi, *dites-lui qu'ils m'ont amené de force à Paris; mais que je me ferai mettre en pièces plutôt que de me laisser poser la couronne sur la tête*. Le roi m'accuse sans doute de ce que je ne suis pas allé à Saint-Cloud. J'en suis fâché; mais j'ai été instruit que dès mardi soir l'on excitait le roi à me faire arrêter, et je vous avouerai que *je n'ai pas voulu aller me jeter dans un guêpier;* d'une autre part, je redoutais également que les Parisiens ne vinssent me chercher; je me suis renfermé dans une retraite sûre et connue seulement de ma famille; mais, hier au soir, une foule d'hommes ont envahi Neuilly, et m'ont demandé, au nom de la réunion des députés. Sur la réponse que j'étais absent, ces hommes ont déclaré à la duchesse qu'elle allait être conduite à Paris avec tous ses enfans, et qu'elle resterait prisonnière jusqu'à ce que le duc d'Orléans reparût. La duchesse, effrayée de sa position, tremblant pour ses enfans, m'a écrit un billet très pressant avec prière de revenir le plus tôt possible: cette lettre m'a été portée par un homme dévoué; je n'ai plus balancé en la recevant, et je suis arrivé pour délivrer ma famille; ils m'ont amené ici fort avant dans la soirée. » M. le duc d'Orléans, après avoir annoncé à M. de Mortemart que la réunion des députés l'avait nommé lieutenant-général du royaume, comme un moyen d'empêcher M. de Lafayette de proclamer la république, lui demanda si ses pouvoirs s'étendaient jusqu'à la faculté de le reconnaître dans ses fonctions; M. de Mortemart répondit qu'il ne le pouvait pas, qu'il avait même protesté, comme ministre, contre cet acte la veille au Luxembourg, quoique en sa qualité de Français, il le jugeât très propre à sauver la patrie en mettant un frein à l'anarchie. Pendant que ces deux importans personnages agitaient d'aussi graves questions, il se fit autour d'eux un tumulte effroyable qui augmentait graduellement, et qui semblait s'approcher de cet appartement. Enfin M. Berthois entra : le prince lui demanda la cause de ce fracas: « C'est une foule d'hommes qui veulent vous voir. — Mais est-ce une députation des écoles? une députation de gardes nationaux? — Pas du tout, ce sont des gens du peuple: ils disent qu'ils veulent vous voir; et si vous ne paraissez pas, ils bouleverseront tout et arriveront vraisemblablement jusqu'ici. » — Le duc d'Orléans dit à M. Berthois : « Annoncez leur que je suis exténué de fatigue et déshabillé ; que je ne puis les recevoir, mais que je parlerai à leur chef: amenez-le-moi. » — Cet incident rompit la conférence. M. de Mortemart se retira en annonçant au duc d'Orléans qu'il allait chercher les moyens de faire connaître au roi la situation des affaires, et la nécessité dans laquelle il se trouvait d'être revêtu de pouvoirs plus étendus pour entamer de nouvelles négociations, et les amener à un résultat satisfaisant. L'on m'a assuré que l'orateur populaire amené par M. Berthois devant le prince ressemblait admirablement à un conspirateur de mélodrame, et qu'il était dans un désordre effroyable. « *Nous sommes venus ici pour te nommer roi, mais nous ne voulons que toi; nous ne voulons surtout ni pairs ni députés : ce sont des gueux tous ;* tu es un bon prince, tu gouverneras bien, et cela nous suffit. — Le duc d'Orléans, extrêmement étonné et du ton et des paroles de l'orateur, lui répondit que si jamais il devenait roi, il ne voudrait l'être qu'à condition d'avoir au contraire des pairs et des députés. L'homme du peuple reprit la parole, en s'abstenant toutefois de tutoyer le prince; il insista vivement pour qu'on envoyât promener *ces gueux de pairs et de députés*. Nouveau refus du duc d'Orléans. Eh bien, arrangez cela comme vous l'entendrez, mais *nous vous voulons pour roi*. »

(M. Alex. Mazas, secrétaire de M. le duc de Mortemart, *Mémoires pour servir à l'histoire de la révolution de* 1830.)

§ 2.

Déclarations ultérieures de Louis-Philippe.

Il a dit, dans sa première Proclamation, comme Roi, *aux Français*, contre-signée Dupont de l'Eure, le 14 août, et il a redit mille fois depuis : « Vous avez sauvé vos libertés ; vous m'avez appelé à vous gouverner : votre tâche est glorieusement accomplie, la mienne commence... L'Europe contemple avec une admiration mêlée de quelque surprise notre glorieuse révolution. »

Il a dit à la Cour royale de Metz, et mille fois depuis à toutes les présentations de Corps : « La nation a repris tous ses droits ; ELLE M'A CONFIÉ LE POSTE QUE J'OCCUPE. »

§ 3.

Déclarations des électeurs du roi, ou des représentans médiats du peuple.

Première Proclamation aux Français des électeurs du roi, eux-mêmes élus du peuple :

« Le duc d'Orléans respectera nos droits, car IL TIENDRA DE NOUS LES SIENS. »

Première Proclamation de la royauté du duc d'Orléans, rédigée par M. Thiers chez M. Laffitte, le 30 juillet : « C'est du peuple français qu'il tiendra sa couronne. »

§ 4.

DÉCLARATION DU GRAND JURISCONSULTE DE JUILLET.

S'il pouvait à cet égard y avoir un doute, il serait péremptoirement levé par le confident le plus intime des pensées et de la politique de Louis-Philippe, par celui qui, dans sa *Réponse aux calomnies*, prétend avoir déclaré le premier comme avocat : « Que les ordonnances ne devaient pas être exécutées ; que s'il était journaliste, il résisterait par *tous* les moyens de fait et de droit » ; par le serviteur officieux qui courut à pied sauver la France à Neuilly, après avoir songé à se *sauver* lui-même, par M. Dupin enfin, dans son ouvrage intitulé : *Révolution de* 1830.

« S'il y a au monde une chose absolue, et qui n'admette pas le plus ou le moins, c'est *la légitimité*. Elle existe, ou elle n'existe pas ; mais une *quasi-légitimité* est la plus grande des absurdités. Si la branche aînée n'est pas valablement déchue, si elle a conservé quelques droits, la branche cadette, quelque proche en degré qu'elle fût du trône, n'en est pas moins réputée usurpatrice aux yeux des logiciens de la légitimité. Il y a entre elle et ses aînés, comme Bossuet le disait du Dauphin relativement au roi, *il y a toute l'épaisseur d'un royaume*. Il y a plus : aux yeux des légitimistes, le duc d'Orléans, parent du roi déchu, est plus odieux qu'un étranger. Il n'y a donc que des ennemis de Louis-

Philippe, ou des amis peu intelligens de sa position politique, qui puissent aller chercher pour lui un autre titre, une autre *légitimité* que la *volonté nationale*. »

DUPIN.

§ 5.

DÉCLARATIONS DES REPRÉSENTANS IMMÉDIATS DU PEUPLE.

Première *Protestation* au duc d'Orléans, émanée de la conscience publique, par l'organe d'un général populaire, et rapportée en ces termes par tous les *Mémoires* du jour : « Au perron de l'Hôtel-de-Ville, le duc d'Orléans donna son bras à M. Laffitte ; il prit celui du général Lafayette qui l'embrassa, et, sous cette double protection, il monta jusqu'à la grande salle, où il fut proclamé lieutenant-général. Ce fut alors, qu'en lui montrant la place de Grève couverte d'hommes armés et de canons, tachée de sang et gardée par des barricades, le général Dubourg lui dit : « *Monseigneur, vous connaissez nos besoins et nos droits,* SI VOUS LES OUBLIEZ, NOUS VOUS LES RAPPELLERONS. »

UN ROI DEVANT SÈS PAIRS.

PREMIÈRE PARTIE.

EXPLICATION ET JUSTIFICATION PHILOSOPHIQUES ET RELATIVES DES ACCUSÉS D'AVRIL.

Un grand Procès est pendant, le plus extraordinaire des procès dont l'histoire ait rendu ou rendra jamais compte, et de la seule agitation duquel le sort de la France dépend peut-être.

Tout ici, en effet, parle énergiquement, et haut :

Le nombre, la masse, et, si on peut le dire, la population des accusés ;

La qualité du plus grand nombre, jeunes, sans expérience, et pauvres : trois malheurs de la nature et trop souvent de la société, qui ne justifient pas, mais qui excusent, l'impatience, alors même qu'elle se fait révolte ;

Le caractère des principaux accusés, dont plusieurs ont des égaux, et peut-être des subordonnés, dans les plus hauts rangs de la France nouvelle ; et jusque dans la *Cour* de justice, si improprement appelée *de* leurs *Pairs ;*

Leur but; le plus hardi, le plus large, le plus séduisant pour le cœur humain, parce qu'il a toutes les apparences de la justice naturelle, et même de la générosité : la République ;

Et ce but si honorable, si légitime, si consciencieux, on peut le dire, à certaines époques d'effervescence sociale (car il faudrait toute la sagesse, et tout le génie d'un grand homme, pour croire à la vérité de la monarchie lorsqu'on voit les crians abus de la monarchie), qu'on ne fait nulle difficulté de l'avouer, l'œil doux et le front haut, avant, pendant et après son manquement ou son atteinte ;

Le nombre des avocats, et des avocats d'avocats, plus grand encore que celui des accusés ;

Leurs qualités : il s'en trouve un qui s'était constitué, pendant vingt années, le champion ardent du Souverain Pontife !

La diversité des accusés et des défenseurs ; venant, étrangers et amis à la vie, à la mort, de presque tous les points du pays aux terribles débats de la capitale ; tous les verrous et tous barreaux solidaires.

Les accusés et les avocats, tous ensemble, les journaux accrédités, prenant d'avance à partie les juges d'exception, les traduisant impunément à leur barre, les condamnant, les exposant au pilori de l'opinion, les dénudant, les fustigeant, et leur faisant subir un stigmate moral, pire cent fois qu'une peine judiciaire ;

Le nombre et la qualité des juges : les uns tenant, par leur bonheur, aux premières familles de la vieille monarchie, les autres, par leur audace, aux dernières de la nouvelle ; et se réunissant, avec plus ou moins de résignation et de courage, des divers points de la France, on pourrait dire de l'Europe (les ambassadeurs de Rome et d'Autriche ont quitté leur poste), pour entendre, pour faire trembler des infortunés, ou pour trembler (1) en leur présence;

Le nombre et la qualité des accusateurs réels : car, les ministères publics ici ne sont pas les parquets des cours diverses dans les ressorts desquelles les faits se sont passés, mais bien le garde-des-sceaux et les ministres tous ensemble. On sait que la question de l'amnistie est la *pomme* (j'allais dire la poire) de *discorde* du cabinet qui, depuis plus d'une année, se modifie, se compose même et se décompose à la vue de ce fruit terrible.

Et si la chambre des députés elle-même n'était pas devenue si peu de chose dans la balance des choses françaises, et ne représentait pas si bien la *mouche* du *coche* de La Fontaine, nous dirions qu'elle s'est rendue elle-même, et tous les électeurs du royaume avec elle, commère de l'accusation d'avril, en votant les fonds d'un palais de justice au grand pied....

C'est même, on peut le dire, le roi lui-même, le roi en personne, qui passe (car les chartes ici ne sont pas des vérités) pour l'accusateur.

Ajoutez, à présent, à ces grandes circonstances

(1) Qu'elle est admirable l'histoire! elle a tout prévu, répondu d'avance à tout, tout jugé, et jugé *ad hominem*. Voici ce que le grand, le vieux Pasquier disait à un Pasquier intermédiaire : « Je souhaite que votre prud'homie soit armée d'une vive force pour terrasser le vice, soutenir vertueusement l'affligé, faire pavois de votre conscience contre les efforts des plus puissans qui veulent abuser de leur autorité et grandeur, à la ruine des plus faibles. Otez de votre tête cette courtisance que je vois être pratiquée par quelques-uns, qui ne veulent se charger des causes contre les grands, de peur de leur déplaire. »

(*Dialogues* de Loisel, entre les avocats du temps.)

personnelles de célébrité et de terreur pour un procès, les grandes circonstances réelles :

La durée de son instruction, qui remonte à plus de quatre cents jours laborieux ; le volume de ses procédures, manuscrites et imprimées, déjà plus énorme que notre vieille *Encyclopédie*, et que notre nouveau *Bulletin des Lois*.

Le théâtre improvisé de ses débats, comme pour contraster avec la lenteur de la procédure ;

L'appareil judiciaire et extra-judiciaire, militaire et civil, d'état et de police ; et cela aux jours de la fête du roi, et comme pour en faire des jours de deuil....

Tout cela donné, on peut le dire, il y a dans l'examen de cette question, dans son jugement, dans son exécution, dans ses conséquences (et les conséquences sont toujours immortelles), l'examen, le jugement, l'exécution, les conséquences de la vérité et de l'erreur sociales, de la légitimité et de l'illégitimité, de la monarchie et de la république ;

Et cette question est celle du salut ou de la fin de la France, comme la question de la France est celle de l'univers.

Il y a, dans la question d'*avril*, la question de *juillet;* et dans la question de juillet, la question du siècle.

Tel est le grand intérêt, la grande portée du procès. Les petits sont les quatre grandes libertés individuelles des condamnés de Ham, et des accusés d'avril, et par conséquent, les libertés des Bourbons et des Bonapartes exilés. Il y va de la vraie liberté de Louis-Philippe, par troisième contre-coup : car les rois, à présent, ne passent qu'à la faveur des sujets, et il semble qu'un roi mort ou absent ne soit pas un homme de moins ! et qu'un roi fugitif soit supérieur à un roi régnant !

C'est de la nature de la royauté nouvelle que nous allons tirer, sinon la justification au moins l'excuse des accusés d'avril ; et le devoir où elle est, l'intérêt qu'elle a, de les considérer moins comme des coupables que comme des vaincus.

Un roi ancien ou nouveau, de fait ou de droit, né ou fait, ici peu importe, est, par sa nature inévitable, le représentant rigoureux, sinon de tous les citoyens du pays, au moins de la grande majorité des fonctionnaires, qu'il a, directement ou indirectement, institués.

Seulement, il est évident qu'un roi de nouvelle origine, un roi de trois annnées ou de trois jours, un roi de 221 voix, et même de 7, toutes choses égales, est encore plus l'homme des fonctionnaires publics qu'un roi de neuf siècles ; car il a plus d'intérêt, et il met naturellement plus de soins à les connaître, et, si nous osons le dire, à les avoir à sa main, et même à les posséder !

Il est le roi des fonctionnaires en général ;

Il l'est encore plus, il l'est intimement, de ceux qui se rapprochent le plus de lui, comme les pairs, les ministres, les officiers des grands et des petits parquets.

Il résulte de là une grande conséquence ;

Une conséquence inévitable, irrésistible, péremptoire, et, toute seule, justificative et de la pensée, et du titre, et du but, et de la conclusion de cet écrit :

C'est le roi, tel quel, le roi seul, le roi exclusivement (qu'il se nomme *Charles* ou *Philippe;* qu'il soit personnellement innocent ou coupable, bon ou mauvais ; que ses courtisans et ses ministres soient ou non libres ou esclaves), auquel on en veut, comme à Louis XI, dans une conspiration, ou qu'on aime dans une fête publique, auquel on se dévoue dans une guerre civile, comme Henri IV.

Lorsque tel roi en particulier est connu par sa volonté, par son activité, par le sentiment profond et l'art de sa conservation, il est bien autrement l'homme auquel tous les autres hommes se rapportent, l'homme en quelque sorte unique.

Un roi n'est même roi que pour être, symboliquement parlant, seul aimé, seul haï : il a, il doit avoir des ennemis, sans quoi il ne lui serait pas donné d'avoir un seul ami véritable.

Il faut, au cœur ainsi qu'à l'esprit et à l'œil humains, un point de vue et de mire, un sujet unique et permanent d'affection ou de haine publiques.

Ainsi donc, il est vrai de dire que les parties au procès d'avril, sont d'une part les républicains de Lyon ou de Paris, et d'autre part Louis-Philippe.

Il s'agit, en un mot, d'un roi du peuple et d'hommes du peuple (1).

Il ne reste plus qu'à savoir (et la connaissance ici n'est pas difficile) de quelle façon et jusqu'à quel point il y a procès, jusqu'à quel point le premier a le droit de guerre judiciaire contre les autres.

Il est assez entendu qu'il a celui (c'est là un fait inévitable) de guerre civile !

Seulement, il ne l'a que généreuse, et, il faut le dire, paternelle : et qu'une armée royale et munici-

(1) Voyez ce que nous appelons notre *Point de départ* (p. 9).

pale a de moyens pour désarmer, pour sauver de jeunes républicains de leurs sacrées colères !

Il est assez clair qu'il s'agit et des précédens plus ou moins équivoques, et de la politique actuelle, et surtout de la faute originelle du roi Louis-Philippe ; nous marchons sur des charbons ardens : *incedo per ignes*....

C'est bien aussi un courage politique que nous avons à montrer, et, si nous pouvons le dire, une *petite guerre* civile que nous avons à faire : celle-là, du moins, est constitutionnelle ; elle est généralement exercée comme un droit, souvent comme un plaisir ou une prétention ;

Nous allons, nous, l'exercer comme un devoir, et même comme une charité pour la patrie et un hommage rendu à un roi, dont le *principe* n'est pas selon nos principes :

Sous un roi citoyen, tout citoyen est roi.

Nous voulons rester *citoyen*, seulement citoyen libre de juger, même son roi, car nous ne savons pas d'autre moyen de l'aimer, s'il y a lieu.

Et d'abord, j'admettrai volontiers, de grand cœur même, que Louis-Philippe ne fut point coupable, et qu'il n'a point à se repentir d'une conspiration proprement dite, pendant le règne des deux rois, ses cousins et ses maîtres, qu'il avait si souvent, et si solennellement reconnus, et proclamés tels.

Seulement, il ne les aimait pas : cela est assez visible, assez réciproquement avoué.

Mais il en résulte, aussi bien, encore plus peut-être, la faute d'un cousin que de l'autre ; car le plus grand pouvoir est apparemment le plus capable d'aimer, et par conséquent de se faire aimer : « Laissez-moi, disait un grand roi d'Espagne à un ministre aussi grand mais timoré, laissez-moi le droit de sourire, et je vous garantis des complots. »

Ajoutons, pour le dire en passant, que l'argument qui disculpe le prince du sang, accuse un peu, à présent, le roi des Français devant des Français, et le *roi du peuple* devant les hommes du peuple, qui, loin de l'aimer, se font ses acharnés antagonistes.

J'irai plus loin, je n'admettrai pas seulement l'innocence d'état, et même de famille, de Louis-Philippe, j'admettrai encore, et j'ai personnellement une raison de le croire, sa vertu monarchique :

Je suppose qu'il n'accepta, comme Trajan, la couronne que pour empêcher qu'un tyran ne l'eût : « *Sedemque obtinet principis, ne sit domino locus.* » TACIT.

Je lui suppose le désir et la volonté de rendre ;

Et cela :

Parce que j'en sens le plaisir pour son bonheur (1);

(1) Il a dit aux pairs et députés du peuple, en recevant d'eux la couronne : « J'aurais *vivement* désiré ne jamais occuper le trône auquel le *vœu national* vient de m'appeler. »

Il était bien effroyable, en effet, ce trône ! « On venait d'y placer, comme sur un lit de parade, le corps d'un jeune homme d'environ 30 ans, dont la tête était très belle ; il était entré le premier dans les Tuileries. » — Louis-Philippe y entra le second !....

Il a dit à MM. Laffitte, Odilon-Barrot et Arago, dans la fameuse conférence qu'il eut avec eux. « On prétend que je suis ambitieux, insatiable de richesses, voulant une cour brillante ! mais j'ai passé par tous les étages de la vie, et je pourrais dire comme Agamemnon :

Heureux, qui satisfait de son humble fortune,
Libre du joug superbe où je suis attaché,
Vit dans l'état obscur où les dieux l'ont caché !

Parce que j'en éprouve l'urgence, comme je conçois le malheur d'avoir reçu (1), pour sa sécurité (2);

(1) Benjamin-Constant, publiciste que Louis-Philippe ne saurait récuser, a fait son meilleur ouvrage, le seul qui restera, sous le titre : *De l'esprit de conquête et d'usurpation dans leurs rapports avec la civilisation européenne*; et il le commence en ces termes : « Je me propose d'examiner deux fléaux. » Il y a toute une démonstration dans le titre du chap. XIX : « *Que l'usurpateur ne pouvant se maintenir aujourd'hui, il n'existe aucune chance de durée pour l'usurpation.* »

Le *duc d'Orléans* lui-même disait et écrivait en 1816 : « *Le principe irrévocable de la légitimité est aujourd'hui la seule garantie de la paix en France et en Europe.* LES RÉVOLUTIONS N'EN ONT QUE MIEUX FAIT SENTIR LA FORCE ET L'IMPORTANCE. »

Et ce fut sans doute en son nom, ou secrètement inspiré par lui, qu'un lieutenant-général de seconde majesté, M. Odilon-Barrot, dit à Cherbourg : « Veillez bien sur l'enfant royal ; gardez bien ce dépôt sacré. Cette jeune tête un jour pourra seule sauver la France. »

(2) « L'idée de renverser la branche aînée par la branche cadette était surtout la pensée dominante de M. Laffitte ; cette pensée remontait à plusieurs années. On se rappelle encore le discours que le député de la Seine prononça le 10 février 1817, dans lequel il établit que les Anglais sont redevables de leur liberté à la révolution qui déféra la couronne à Guillaume III. Cette opinion hardie donna lieu au duc de Richelieu de demander à l'honorable député si son intention avait été, oui ou non, de provoquer un mouvement en faveur du duc d'Orléans. Dès le mercredi 28 juillet, à 8 heures du matin, M. Laffitte fit supplier S. A. R., par M. Oudard, secrétaire de la duchesse d'Orléans, de *bien prendre garde aux filets de Saint-Cloud.* Comme tout était en question, S. A. R. dit peu de choses, et pensa tout bas.

« Cependant le duc d'Orléans fut sensible à la tendre sollicitude de son banquier, et se condamna à passer une nuit tout entière dans un kiosque, perdu au milieu de son parc, et autour duquel *veillaient* des amis *vigilans* (ce sont ordinairement les hommes vigilans qui veillent). Le jeudi matin, M. Laffitte envoya de nouveau M. Oudard à Neuilly ; ses instances étaient plus pressantes ; il instruisait le prince de ce qui s'était passé dans la réunion de la veille, du développement des événemens, de la gravité de la situation, et de la nécessité pour le duc d'Orléans de choisir dans les vingt-quatre heures *entre une couronne et un passeport.* On assure que le choix n'était déjà plus dou-

Parce que j'en vois l'importance pour sa gloire (1);

Parce que j'en sens le besoin pour son orgueil;

Parce qu'enfin le moment n'est pas loin où le retour d'un roi, qui n'eut jamais de défauts que ceux de ses qualités (2), et d'un enfant qui sourit même aux en-

teux, et que le prince s'expliqua de manière à rassurer ses partisans sur le cruel sacrifice qu'ils exigeaient de son patriotisme. Enfin le sort en fut jeté, et il se condamna à placer sur sa tête citoyenne cette couronne d'épines jusqu'à laquelle, *comme chacun sait*, il n'avait jamais élevé son ambition. » Il ne faut retrancher du récit de M. Sarrans, secrétaire de Lafayette, que sa malice.

(1) Lorsqu'en 1788, le duc d'Orléans fut exilé à Villers-Coterets, et qu'il obéit, on sait qu'il se releva dans l'opinion publique. On dit de lui que *contre les lois de la perspective il paraissait s'agrandir en s'éloignant.* Le fils aurait plus beau jeu que le père.

Ce serait à la victoire de ce jeu royal que M. de Talleyrand pourrait dire : « Aujourd'hui que l'Europe connaît et admire le roi, » parce qu'alors seulement elle aurait une preuve de *sa haute sagesse, de sa grande habileté et de sa pensée profonde.* (Lettre d'abdication de l'héritier et du Nestor des révolutions, le 13 novembre 1834.)

Il est singulier que tout va par ce nombre *judaïque*, à présent..... Louis-Philippe est né en 73; son nom est de 13 lettres; son ministère principal est du 13 mars; son jeune ministre favori a été reçu à l'académie le 13 décembre; son vieux diplomate s'est démis le 13 janvier; l'émeute de Paris, correspondante à celle de Lyon, est du 13 avril. Il y a, dit-on, 13 avocats exclus du droit de défendre les accusés du 13 avril, et 93 accusés se prétendans juges. L'arrêt d'accusation des avocats est du 13 mai... D'Orléans-Égalité, né un 13 avril, périt en 93; un duc d'Orléans, assassiné, était né le 13 mars 1371; un autre, Henri II, fils de François I, tué en un mois de juillet, était également né un 13 mars.

Et, par une merveille non moins inouïe, l'infortuné duc de Berry, dont le duc d'Orléans occupe la place, arriva en France au 13 avril, eût une fille morte le 13 juillet, un garçon mort le 13 septembre, et mourut, à son tour, à côté de son successeur, le 13 février!!!

(2) Je ne voudrais que les seules pièces relatives aux abdications pour constater la bonté et la confiance d'un roi malheureux:

« Le roi, voulant mettre fin aux troubles qui existent dans la capitale et dans une partie de la France; *comptant d'ailleurs sur le sincère attachement de son cousin le duc d'Orléans*, le nomme lieutenant-général du royaume.

« Le roi, ayant jugé convenable de retirer ses ordonnances du 25 juillet, approuve que les chambres se réunissent le 3 août, et il veut espérer qu'elles rétabliront la tranquillité en France.

« Le roi attendra ici le retour de la personne chargée de porter à Paris cette déclaration.

« Si l'on cherchait à attenter à la vie du roi et de sa famille, ou à leur liberté, il se défendra jusqu'à la mort.

« Fait à Rambouillet, le 1er août 1830.

« CHARLES. »

« L'acte ci-après portait la suscription : *A mon cousin le duc d'Orléans, lieutenant-général du royaume.*

« Rambouillet, ce 2 août 1830.

« Mon cousin, je suis trop *profondément* peiné des maux qui affligent ou qui pourraient menacer mes peuples, pour n'avoir pas cherché un moyen de les prévenir. J'ai donc pris la résolution d'abdiquer la couronne en faveur de mon petit-fils, le duc de Bordeaux.

« Le Dauphin, qui partage mes sentimens, renonce aussi à ses droits en faveur de son neveu.

« Vous aurez donc, par votre qualité de lieutenant-général du royaume, à faire proclamer l'avénement de Henri V à la couronne. Vous prendrez d'ailleurs *toutes* les mesures qui vous concernent pour régler les formes du gouvernement pendant la minorité du nouveau roi. Ici je me borne à faire connaître ces dispositions : c'est un *moyen d'éviter encore bien des maux.*

« Vous communiquerez mes intentions au corps diplomatique, et vous me ferez connaître le plus tôt possible la proclamation par laquelle mon petit-fils sera reconnu roi sous le nom de Henri V.

« Je charge le lieutenant-général vicomte de Foissac-Latour de vous remettre cette lettre. Il a ordre de s'entendre avec vous pour les arrangemens à prendre en faveur des personnes qui m'ont accompagné, ainsi que pour les arrangemens convenables pour ce qui me concerne et le reste de ma famille.

« Nous réglerons ensuite les *autres* mesures qui seront la conséquence du changement de règne.

« Je vous renouvelle, *mon cousin*, l'assurance des sentimens avec lesquels je suis *votre affectionné cousin.*

« CHARLES.
« LOUIS-ANTOINE. »

Le duc d'Orléans lui-même n'a pas hésité à rendre justice à son cousin, à son roi, lorsque tout le monde était porté à la lui refuser :

« M. le duc d'Orléans mit pied à terre ; il monta lentement l'esca-

nemis de son nom (1); où ce retour, prévu et essayé spirituellement par tout le monde aujourd'hui en France, peut être, et sera l'effet d'une proclamation universelle :

Car enfin, il y a bien, sans doute, quelque chose au dessus d'une charte constitutionnelle, quand ce ne serait que le très petit nombre d'élus qui l'ont faite ou jurée (2); ou le peuple, tout entier, d'électeurs, la France (3), et comme on dit le pays, qui en est à la fois le sommet et la base !...

lier; personne ne vint au devant de lui; il fut accueilli en entrant dans la grande salle par des vociférations et par des reproches adressés à la famille des Bourbons. Le prince, passablement ému, agitait sa main pour qu'on l'écoutât. Ayant entendu dire par une voix très forte qu'il fallait qu'il se retirât, s'il venait au nom de Charles X *le parjure*, il dit : « Vous vous trompez, Messieurs, le roi n'a jamais eu la pensée de violer la constitution. » Voilà quel fut, m'a-t-on dit, le début de M. le duc d'Orléans en arrivant à l'Hôtel-de-Ville; puis, à force de s'exprimer avec chaleur, l'ivresse le gagna, il parla de son père.... »

(M. Mazas.)

(1) M. Cauchois-le-Maire rapporte, avec son *Bon sens*, en ces termes, d'après un témoin oculaire, l'innocence pendant les trois journées *de cet enfant qui nous était né à tous :* « le duc de Bordeaux réunissait ordinairement après son dîner tous les petits garçons du château pour jouer avec eux. Ce jour-là (le jeudi), cette réunion se partagea en deux divisions. Le duc de Bordeaux, habillé en grenadier de la garde, commandait les soldats royaux, et Mademoiselle les insurgés parisiens. Les jeunes enfans, que l'exil attendait, *jouaient innocemment à la guerre civile.* »

(2) Tout le monde sait que le changement de dynastie ne tint qu'à un fil, à *un* mot, ou de M. Bérard, ou de M. de Puyraveau*: Il est trop tard!*, et à *un* de M. Laffitte, dans la réunion du 29 juillet : *Il n'est plus temps !*

(3) Il est même prouvé que ce fut un étranger, un anglais, M. Fox, de la famille du stérile orateur de ce nom, qui tira le premier sur la garde royale de *l'hôtel royal* rue Saint-Honoré, n° 193, et qui tomba raide mort par contre-coup !

J'ai admis l'innocence politique et particulière, j'ai supposé même la vertu intentionnelle du roi de fait; mais c'est sous le rapport intérieur, moi individu, moi chrétien. D'autres peuvent avoir ici une opinion différente; car, si la logique sacrée milite en faveur de Louis-Philippe, la logique, qu'on peut appeler profane, est contre lui.

De quelque côté que *le Français né malin* se tourne, il voit un faible autour de son roi:

Et d'abord, la tache héréditaire; car elle est éclatante, celle de la vie d'un homme que la débauche avait dispensé de *rougir* (1), et dont les crimes publics firent successivement jaillir le *sang* de son roi et le sien!

On dira, et je sais personnellement mieux qu'un autre, que les fautes sont personnelles? Oui, dans l'ordre moral; non, dans l'ordre politique, et même dans l'ordre naturel; car il ne faut pas seulement qu'un roi soit habile et vertueux, il faut encore, il faut surtout qu'il passe pour l'être: et la nature est plus providentielle qu'on ne pense; et les fautes des pères sont encore celles des enfans, lorsque ces derniers ne les répudient pas. L'outrage est ici la dernière et la plus sublime des piétés filiales... C'est l'accomplissement du testament présumé du père (2).

(1) RIVAROL. Il ajoutait, que *tous ses vices n'avaient pu le conduire à son crime* (l'usurpation); *et que sa trahison n'avait trouvé que des traîtres*. Tout cela n'est pas seulement spirituel et *Tacitique*, c'est encore vrai.

(2) C'est même ici le testament exprès:
Suivant M. Laurentie, dans son *Histoire des Ducs d'Orléans*, « Louis-Philippe s'en alla à la mort avec une impassibilité désespérée

Lorsque la famille est une famille politique, lors surtout que c'est une famille royale ; lorsque les fautes paternelles sont les erreurs et les crimes générateurs

qu'on put prendre pour de la fermeté ; il ne parut pas se souvenir qu'il y avait un autre jugement plus formidable que celui des bourreaux; toute pensée grande et immortelle avait disparu de cette intelligence déchue. » L'auteur n'a pas connu apparemment un document qui offre des détails plus consolans, et qui a tous les caractères d'un fait historique. L'abbé Lothringer, vicaire épiscopal de Gobel, publiant en 1797 une rétractation de son serment, déclara avoir confessé, à la conciergerie en 1793, le *duc d'Orléans*, *Custines*, *Gorsas*, *Gardien*, *Viger* et plusieurs autres. Sa lettre fut insérée dans les *Annales catholiques*. Ce journal, que rédigeait M. de Boulogne, était alors fort répandu, et le fait ayant acquis de la publicité, madame la duchesse d'Orléans, qui était encore en France, désira des renseignemens plus précis sur les derniers momens de son mari. Elle fit écrire à M. Lothringer, alors en Alsace. La réponse datée de Thann le 27 juillet 1797 se trouve, avec ses locutions étrangères, dans le numéro 41 des *Annales*.

« Je reçus, dit M. Lothringer, une lettre de la part de Fouquier-Tinville, ci-devant accusateur public du tribunal révolutionnaire, pour donner les derniers secours de la religion à M. le duc d'Orléans. Arrivé à la Conciergerie, je le trouve tout disposé à se confesser ; mais un homme ivre, dont je ne sais le nom, nous a déroutés par d'horribles blasphèmes, que dans son ivresse et son désespoir il vomissait contre la religion et ses ministres. Cet homme a tout fait pour empêcher le duc de se confesser et d'avoir confiance à un prêtre. Inutilement les gendarmes présens lui imposaient silence. Tout à coup, par une providence spéciale, l'homme ivre commence à s'endormir jusqu'à l'arrivée des exécuteurs. Le duc d'Orléans me demande si j'étais le prêtre allemand duquel lui avait parlé la femme Richard (1), et si j'étais dans les bons principes de la religion. Je lui ai dit que, séduit par l'évêque de Lydda, j'avais prêté le serment, qu'il y avait long-temps que je m'en repentais, que je n'attendais que le moment favorable de m'en *défaire*.

« M. le duc d'Orléans, se mettant à genoux, me demanda s'il avait encore assez de temps pour faire une confession générale ; je lui dis qu'oui, et que personne n'était en droit de l'interrompre, et il fit

(1) Femme du concierge de la Conciergerie.

de toutes les autres erreurs et de tous les autres crimes, le devoir de désaveu est bien autrement manifeste.

Il fallait que Louis-Philippe, je ne dirai point par ses paroles, mais par ses actes, mais par son silence, *se lavât les mains* du sang du juste (1);

Il fallait, en tous cas, qu'il respectât les principes, à la faveur desquels le mal que son père avait fait pouvait être effacé;

Il fallait du moins qu'il respectât les monumens expiatoires d'un régicide *de seconde majesté* commis en sa présence, dont le sang rejaillit en quelque sorte sur lui (2), et dont son père avait eu sa part; car tous les grands crimes sont des déductions logiques les unes

une confession générale de toute sa vie. Après sa confession, *il me demandait, avec un repentir vraiment surnaturel, si je croyais que Dieu le recevrait dans le nombre de ses élus.* Je lui ai prouvé, par des passages et des exemples de la sainte Ecriture, que son noble repentir, sa foi en la miséricorde infinie de Dieu, sa résignation à la mort, le sauveraient infailliblement. Oui, répondit-il, je meurs innocent de ce dont on m'accuse; que Dieu leur pardonne comme je leur pardonne! *J'ai mérité la mort pour l'expiation de mes péchés; j'ai contribué à la mort d'un innocent, et voilà ma mort :* mais il était trop bon pour ne me point pardonner. *Dieu nous joindra tous deux avec saint Louis...* Je ne peux assez exprimer combien j'étais édifié de sa noble résignation, de ses gémissemens et de ses désirs surnaturels de tout souffrir dans ce monde et dans l'autre pour l'expiation de ses péchés, desquels il me demandait une seconde et dernière absolution au pied de l'échafaud. Voilà de quoi vous pouvez assurer sa respectable et pieuse épouse pour la tranquilliser à tous égards.

(1) Louis-Philippe, alors duc de Chartres, avait reçu le cordon bleu des mains de Louis XVI, avec un appareil qui retentit dans Paris, le 1er janvier 1789, après sa première communion catholique.

(2) *Vie anecdotique de Monseigneur le duc d'Orléans*, p. 181 etc.

des autres. D'Orléans-*Égalité* et Louvel sont solidaires. Je ne sais même s'il n'est pas rigoureusement vrai de dire que le premier régicide qui ait été commis dans le monde a été complice de tous les autres, et que s'il leur fut étranger, ce n'est pas la volonté mais le temps qui lui a manqué ! ! !

Il fallait surtout que Louis-Philippe respectât le monument de la place où le dernier sang royal avait coulé.

Eh bien ! il a eu le malheur d'y laisser mettre le marteau !

C'était, métaphysiquement parlant, ratifier le vote de son père, que son père toutefois avait maudit ;

C'était revendiquer, à son insu, tout l'odieux du 21 janvier.

C'était, lui roi, lui surtout roi nouveau, roi daté, mettre le glaive au bras d'un de ses ennemis !

Voilà un fait *indirect* de la pensée révolutionnaire de Louis-Philippe ; en voici de personnels. Si l'on peut dire, dans le premier cas, qu'il a laissé faire (ce qui n'est qu'une façon de faire), on doit dire, dans le second, qu'il a fait, car il a DIT, et un roi ne dit jamais qu'il ne PROCLAME :

Il a *dit*, alors qu'il voudrait maudire,

Il a proclamé sans cesse, il proclame encore lorsqu'il voudrait neutraliser et décrier, tous les principes, dont les oppositions, les complots, les émeutes et la guerre civile sont d'invincibles, et, je le dirai, d'innocentes conséquences.

Et le *Moniteur*, qui n'est pas ici *menteur*, est là pour constater et immortaliser des paroles en apparence d'un jour, dont nous avons rapporté surabondamment les principales, et qui sont dans toutes les mémoires.

Ses actions les plus royales, c'est-à-dire les plus intimes, celles qu'on peut le plus lui imputer, ne sont pas moins empreintes, et si on peut le dire, pénétrées du principe contre lequel il veut vainement lutter :

C'est ainsi qu'il a pris, et conservé plus de trois années, pour garde de ses sceaux, pour ministre de sa *justice*, et qu'il a aujourd'hui pour premier président de sa cour des *comptes*, l'homme qui a, personnellement, les plus terribles *comptes* à rendre; le légiste qui a commencé par violer le plus hautement la *justice;* l'individu qui a pu donner lieu au drame suivant dans le procès *d'avril* 1833 fait à la société des droits de l'homme. — Le président au citoyen Guernon : « Aviez-vous un poignard ? — Oui, ancien chef de Carbonari, je devais en avoir ; MM. Barthe, de Schonen, et compagnie pourraient vous l'attester au besoin » !!!

C'est ainsi qu'il a choisi, et qu'il garde, avec une sorte de prédilection, encore plus comme favori que comme premier ministre de fait, un mauvais fils dans sa famille, et un sujet encore plus mauvais dans l'état, l'*historien de la révolution* et le panégyriste, aujourd'hui confus, du plus logique de ses auteurs : Marat!

Le gouvernement du roi n'est pas moins étrange, il l'est encore plus que l'action du roi personnellement.

La dette publique qui n'était que de 17 millions sous le plus absolu des rois de France, Charles IX, s'élève aujourd'hui à des milliards (1).

(1) En voici les chiffres intermédiaires accusateurs :

En 1562, sous Charles IX.	17,000,000 fr.
1589, dettes laissées par Henri III.	339,648,900
1595, sous Henri IV, ministère Sully.	96,900,000
1660, sous Louis XIV, ministère Colbert.	783,400,000

L'Armée est encore sur le pied de guerre, l'armée, le plus terrible des impôts, puisque c'est, pour la majorité, la contribution de la plus vitale et de la plus chérie des libertés, celle de la vocation naturelle. Il n'est rien, au près de celui-là, l'impôt de la vie qu'on donnait au temps de Bonaparte, car il n'allait pas, alors, sans la gloire ou l'espérance.

La Police, redevenue insensible et presque réhabilitée aux dernières époques de la restauration, s'est redégradée à ses moyens honteux, à ses incroyables et souvent illégaux salaires. L'homme qui n'a pas craint de s'en avouer le chef, n'a pas craint non plus d'offrir de l'or à la plus infame trahison, de renouveler, si on peut le dire, un *judaïsme* de seconde horreur, de faire commettre, c'est-à-dire de commettre un crime particulier, tenu pour crime par tous les partis; et cela pour flétrir un acte que toute une grande classe de la société regardait comme un devoir, que tout le monde et que l'histoire consacrera au moins comme un courage, seulement aveugle!

La Guerre civile (car il ne s'agit pas à-présent d'au-

1698, sous Louis XIV, min. Pelletier.		1,301,690,000
1710, Id.	min. Chamillard.	4,386,318,750
1788, sous Louis XVI, min. Necker.		4,245,750,000
1807, sous Napoléon.		1,912,500,000
1821, sous Louis XVIII.		3,466,000,000
1829, sous Charles X.		4,260,000,000
1831, sous Louis-Philippe.		5,185,438,457
1832, Id.	en juin.	5,417,595,017
—— Nouvel emprunt.		15 ,000,000
1833, id. } 1834, id. }	plus de	6,000,000,000
1835, id.	« O siècle, ô	*mémoire!*
Par provision, envoyé à une république.		25,000,000

tres guerres), dégénérée en guerre imprudente, inhumaine, et quelquefois atroce jusqu'à l'impiété (1).

La justice enfin, la première et la dernière raison d'une société, redevenue, plus que jamais, doublement inique, et par les exceptions obligées, et par les doubles emplois de son empire: elle prend çà et là dans ses filets, *un* délit politique, *un* homme particulier, *un* journal, souvent le plus innocent de tous ; et puis elle laisse faire, elle *envoie promener* les grands délits, les délinquans élevés : je le crois bien ! elle se retrouverait quelquefois parmi eux !

La Récompense, second département de la justice, n'est pas moins en état de révolution que le premier : les places, les titres, les honneurs, sont, plus que jamais, réunis sur un petit nombre de têtes exclusives, et qui tournent, de leur hauteur inaccoutumée, à la vue des pavés habituels d'où elles se sont élancées ;... interprétant ainsi l'inscription de leur égoïste Panthéon : « *Aux grands hommes la patrie reconnaissante !* »

Et avec si peu de justice distributive et tant de priviléges immérités ; avec des actes et des discours si contraires, je ne dirai pas à la religion, mais seulement à la philosophie, des hommes d'état invoquant habituellement, et sans rire peut-être, le nom de *Dieu* et de sa *Providence !*

(1) Les Autels, qui eurent, chez tous les peuples, le droit d'asile, même pour les crimes individuels et patens, ne l'eurent pas pour les attentats généraux et malheureux, dans les Eglises fondées à Lyon par saint Irénée, le premier Apôtre des Gaules, c'est-à-dire, le premier et le plus généreux des rois de France.

Mais le plus terrible et le plus inouï des côtés de la royauté nouvelle, c'est sa lutte perpétuelle avec elle-même.

Tout est ici contradiction.

Le représentant de cette royauté est forcé de s'avouer un homme de la révolution de 89, ou, comme il dit souvent, un soldat de *Jemmapes* et de *Valmy*... Et, d'autre part, il s'oppose, de toutes ses forces, à l'invocation des principes de 89 proclamés par toutes les *Gazettes de France;* et il a dit aux habitans de Romans, le 24 septembre 1830 : « Notre premier devoir est de prévenir la propagation de ces théories malheureuses qui n'ont servi qu'à bouleverser les états » ; Aux habitans de Mantes : « Les dangers dont nous avons à nous préserver sont dans des théories absurdes, impraticables, etc., etc. »

Il a dit cent fois au peuple, et surtout à la garde nationale, leur souveraineté à son égard; il en appelle les membres : *Mes chers camarades;* et lorsqu'à Metz, un officier de cette garde lui manifeste le désir de voir organiser la deuxième branche du pouvoir législatif, il lui prit son discours des mains, en disant : « C'est assez, la garde nationale ne doit point s'occuper de questions politiques; cela ne la regarde pas; elle n'a pas d'avis à donner. »

Il reçoit, il accueille les *héros de la* vieille *Bastille,* vide long-temps avant 89 ; et il fait élever des bastilles nouvelles, au lieu même où madame de Genlis raconte qu'il en eut horreur au récit de la rigueur qu'y souffrit un gazetier de Hollande, pour avoir écrit contre Louis XIV (1).

(1) *Vie anecdotique de M. le duc d'Orléans*, par M. Saint-Hilaire, 1826.

Il déclame contre l'émigration de 89, jusque dans les discours de son ministre de l'intérieur ; et il conserve les millions d'indemnités qu'il a reçus de la restauration comme ancien émigré.

Il laisse démolir la pierre qui jetait la malédiction sur le 13 février, et il dit le 6 juin à M. Laffitte, etc. : « En votant la mort de Louis XVI, malgré *mes prières*, mon père voulait donner un gage à la révolution ; ce fut une faute, je ne veux pas l'imiter » (1).

Il a nommé *inconstitutionnels*, perfides, coupables ; il laisse, depuis quatre ans, dans les fers, les innocens signataires des chimériques Ordonnances de Juillet 1830 ; et il aspire visiblement à l'occasion, à la puissance de faire de véritables ordonnances. En attendant, il en laisse publier, et peut-être il en a sollicité et récompensé in*constitutionnellement*, sans *adresse*, avec toute la raideur impériale de M. Rœderer, la théorie ; et il est parvenu à se faire, des Chambres, des instrumens plus dociles à ses volontés que ne le furent jamais celles de 1816 à M. Pasquier, ou de 1821 à M. de Villèle :

Il reçoit, encore aujourd'hui, les hommages d'un certain nombre de héros de Juillet, comme d'un pouvoir de l'état, à la suite des députations de pairs, de députés ou de cours de justice ; et, d'autre part, il a écarté le bon Lafayette, il a laissé dupe le généreux M. Laffitte, il est inexorable pour l'inflexible Dupont, les chefs des héros de Juillet et ceux auxquels il a reconnu devoir la couronne !

Il a laissé consommer la démolition de l'archevêché

(1) Quoi ! encore le système et le mot de Fouché, qu'*une faute est plus qu'un crime !*

de Paris; et, depuis près de quatre années, lui qui s'est trouvé si riche, si fort, si heureux, pour prévenir ou réprimer les plus terribles émeutes contre sa personne; lui, qui fait surgir, comme par enchantement, un palais de justice incroyable, il n'a pas même manifesté, en public du moins, comme roi, le désir éventuel de relever le presbytère, et il laisse distiller la calomnie sur le premier pasteur de son royaume.

Il laisse, depuis trois ans, saccagée la plus ancienne Eglise de la capitale, la paroisse de ses anciens et de ses nouveaux palais, celle où il reçut les premiers signes et les premières grâces du christianisme, le temple dont Louis-le-Grand *baisait le pavé* (1).

Il a laissé mettre des philosophes, des orateurs, des héros d'un jour, quelquefois des fléaux d'un pays et d'un siècle, à la place de la jeune et antique héroïne qui sauva Paris, elle, et qui sait, depuis quatorze cents ans, sourire, sinon à tous les cœurs et à toutes les intelligences, du moins à toutes les imaginations de la capitale....

Il a laissé violer, jusque sous ses yeux, à l'extérieur du palais des rois très chrétiens et des fils aînés de l'Église, le jour qui rappelle tous les siècles, toute l'histoire, tous les devoirs, et même tous les droits de l'homme, le dimanche enfin, durant lequel l'An-

(1) Tout le monde sait les plus beaux vers de Racine, et le plus grand éloge de Louis XIV :

C'est ici qu'on se réconcilie avec Louis-*le-Grand*, et qu'on recule devant son petit-fils.

> Tu le vois tous les jours devant toi prosterné,
> Humilier ce front de grandeur couronné;
> Et confondant l'orgueil par d'illustres exemples,
> Baiser avec respect le *pavé* de tes temples.

gleterre elle-même, si marchande et si peu chrétienne, ne semble plus qu'une immense paroisse et une grande communauté monastique.

Il tolère les infames sacriléges de l'*Église Française;* il livre, encore aujourd'hui, les plus grandes affaires de l'Eglise de France à un avocat qui a passé sa vie à décider des *Questions hypothécaires;* et, tout cela, lorsqu'il déclare, dans sa Charte, que La *Religion catholique est la religion de la majorité des Français;* lorsqu'il voit, depuis deux années principalement, toute la génération nouvelle, la France tout entière, la capitale à la tête, fatiguées de la politique des révolutions et des vanités du siècle, s'élancer à toutes les études, et se porter en foule à tous les enseignemens et même à toutes les solennités de la Religion.

Et, d'un autre côté, il dit aux anciens Evêques : « Je vous remercie de la confiance que vous avez en moi; j'ose dire qu'elle ne sera point trompée. Je ferai *tout* pour que la Religion soit respectée, comme elle doit l'être, et pour que le Clergé soit protégé. » Et il choisit des Evêques dignes des plus beaux jours de l'église gallicane; et il assiste, représenté par la vertueuse reine Marie-Amélie, aux belles conférences de l'abbé Cœur; et il réfute, avec éloquence, la *Nouvelle hérésie* de l'abbé de La Mennais, par l'organe du Fénélon du 19e siècle, l'aumônier de sa cour.

Il a dit, à l'ouverture d'une des dernières chambres : « Nous voulons mettre un terme aux révolutions; » à l'ouverture de celle de 1832 : « La république et la contre-révolution ont été vaincues. » Et voilà que la république se relève plus hautement que jamais, et que, changeant les rôles, elle fait, même en la recevant, la loi à la Cour des pairs, jusque dans son sanctuaire, et que, d'accusée de résistance, elle devient accusatrice d'usurpation !

A présent, qu'on ne l'oublie jamais, je n'ai prétendu, ni critiquer, ni préconiser; j'ai voulu raconter seulement, et raconter quoi? non ma pensée, mais celle des hommes du peuple. Et raconter, ici, c'est redire ce que la grande majorité des journaux dit tous les jours, car les journaux, c'est la France, puisqu'ils sont le seul pouvoir qu'elle reconnaît, étant le seul qu'elle paie. On a calculé, en effet, que les feuilles ministérielles n'ont qu'un souscripteur, encore toujours intéressé et précaire, pour dix qu'ont les feuilles de l'opposition.

C'est un malheur, selon moi, mais cela est.

Et qu'on ne pense pas que, pour faire la guerre au gouvernement, qui semble se confondre, et qui se confond en effet avec l'ordre public, avec la propriété, avec la religion, les journaux de l'opposition offrent rien d'odieux à la pensée commune des plus honnêtes gens! Ils ont, pour eux, toutes les apparences du désintéressement, du courage, de la générosité; les autres ont tout l'odieux de la vénalité!

La religion, toujours si puissante en France, aujourd'hui plus respectée et plus recherchée que jamais, semble, tout entière du côté des deux oppositions; et cela, depuis que l'une de ces oppositions est précisément l'ancien parti royaliste, et royaliste par religion, presque tout entier.

Un fait flagrant est encore venu se poser ici en preuve apparente de la vérité. Lorsque déjà le parti royaliste avait à sa tête, en dehors du journalisme, deux apologistes de la religion, MM. de Châteaubriand et de Bonald; et, en dedans, deux écrivains religieux, MM. de Genoude et Laurentie; l'homme qui a passé quinze ans pour le plus éloquent des défenseurs de l'Église romaine, celui que la restauration elle-même proclamait *Père de l'église* à la chambre des députés, l'abbé de La Mennais enfin, est devenu le prêtre de l'Eglise républicaine!

Voilà les faits, les faits patens, les faits quotidiens, les faits permanens, les faits populaires.

Les conséquences, déjà senties, vont se trouver visibles, et je ne crains pas de le dire, incontestables:

C'est la froideur, c'est la prévention, c'est le défaut d'amour, c'est le ressentiment, disons-le, c'est la haine populaire contre la royauté; car, le peuple ne raisonne pas, il entend, il voit, il se passionne, il aime ou il hait les yeux fermés.

Qu'est-ce en effet que le peuple?

Le peuple, ce ne sont pas seulement les diverses classes ouvrières et marchandes qui vivent *au jour le jour*, et qui portent, presque seules, le poids des frimas l'hiver, et l'été les rayons ardens du soleil, les *hommes de peine*, auxquels, seuls, les autres hommes doivent, sauf à les payer quelquefois si cher, leurs apparens priviléges.

C'est encore la généralité des autres classes, sans excepter les plus élevées : il y a du peuple, beaucoup de peuple, et quelquefois le pire du peuple, dans la finance et dans la robe, dans la grande et dans la moyenne propriété; il y en a dans la littérature et dans l'université ; il y en a au palais, il y en a dans les chambres, il y en a dans l'Église ;

Il y en a dans les cours.

Ce n'est même que parce qu'il y en a dans les premiers étages de la société, qu'il s'en trouve dans les combles !

Et, toutes choses d'ailleurs égales, le peuple-peuple, vaut mieux que le peuple-roi (1).

(1) Voici ce que raconte Servan, que j'aime à citer en matière criminelle, et ce qu'il raconte dans son *Apologie de la Bastille :*

« M. de Vendôme disait, en parlant des querelles, entre les mulets et muletiers, qu'il avait observé constamment que *le mulet avait presque toujours la raison* de son côté; il en est ainsi des procès entre deux hommes de condition inégale; on peut à l'aveugle parier le bon droit de la bête de somme, c'est-à-dire du plus faible. Or, dans ce monde, le plus fort et le plus riche, c'est tout un : en cette qualité, il prend ses avances et ses avantages : d'abord, il se saisit des principales avenues dont il bouche facilement l'entrée à sa partie, en y clouant l'opinion des meilleurs avocats : ensuite faisant armer pour lui le plus redoutable chevalier du barreau, il laisse à son pauvre ennemi le choix d'un défenseur dans les jeunes *bacheliers*. »

Voici des autorités dont l'à-propos n'est pas moins visible :

« Cette grande catastrophe s'était opérée avec une merveilleuse discipline ; jamais tant d'ordre n'avait brillé dans l'anarchie, jamais tant d'humanité dans le massacre. Étonnés de la sécurité, de la liberté dont ils jouissaient, de la paisible possession de leurs propriétés, les hommes dont cet événement froissait les affections, blessait les sentimens et les intérêts, furent contraints de rendre au peuple qui avait vaincu cette rare et éclatante justice. (Plaidoyer de M. Martignac pour M. de Polignac, devant la chambre des pairs.)

« Jamais défense ne fut plus juste et plus héroïque que celle du peuple de Paris. Il ne s'est point soulevé contre la loi, mais pour la loi ; tant qu'on a respecté le pacte social, le peuple est demeuré paisible ; il a supporté sans se plaindre les insultes, les provocations, les menaces ; il devait son argent et son sang en échange de la Charte ; il a prodigué l'un et l'autre. Mais lorsqu'après avoir menti jusqu'à

Je le crois bien : dans l'impuissance d'avoir rien à aimer autour de lui sur la terre, que la terre, il a une tendance naturelle vers le ciel, d'où il retombe, plus d'une fois, aux pieds de ses semblables, et même de

la dernière heure, on a tout à coup sonné la servitude ; quand la conspiration de la bêtise et de l'hypocrisie a soudainement éclaté ; quand une terreur de château, organisée par des eunuques, a cru pouvoir remplacer la terreur, la république et le joug de fer de l'empire, alors le peuple s'est armé de son intelligence et de son courage ; il s'est trouvé que ces *boutiquiers* respiraient assez facilement la fumée de la poudre, et qu'il fallait plus de quatre soldats et un caporal pour les réduire. Un siècle n'aurait pas autant mûri les destinées d'un peuple que les trois derniers soleils qui viennent de briller sur la France. » (Discours de M. de Châteaubriand à la chambre des pairs le 7 août 1830.)

Après avoir ouï des *parleurs*, écoutons un *héros* de Juillet, M. Cauchois-Lemaire :

« On a beaucoup parlé d'exécutions militaires faites par le peuple sur des pillards. Il s'en fit une à l'hôtel d'Elbeuf, place du Carrousel, sur un homme qui avait pris de l'argent et des couverts chez M. Leduc, employé de la maison du roi. On trouvait ses poches bien garnies ; « Tu as volé, » lui dit-on. — « Non, je n'ai pas volé. » On secoua ses poches, et il en tomba une cuiller et des pièces de 5 francs. « Tu » vois bien que tu as volé..... Tu es un gueux. » Et on le fusilla sur la place.

La chapelle des Tuileries ne fut pas respectée, sous le rapport religieux, mais fut conservée matériellement. Un homme, le sabre à la main, se tenait devant l'autel, et en remettait la nappe en ordre quand quelqu'un la dérangeait.

Je ne m'étonne plus que M. Dupin, visiblement intéressé dans l'affaire de la monarchie, ait accusé un jour la France (c'était le 9 novembre 1830) « de n'avoir pas assez de vertu pour revendiquer la république : » il voyait en lui la France.

La mort pour *une cuiller d'employé de la maison du roi*, et la *couronne* pour...! Ainsi donc, il faut dire encore aujourd'hui, comme Diogène il y a près de trois mille ans, à la vue de grands juges conduisant un petit délinquant qui avait faim peut-être : *Magni fures parvum ducunt!!!*

Et comme le Barthélemy des Romains :

Dat veniam corvis, vexat censura colombas!

ses supérieurs, comme un ami, comme un frère ou un serviteur.

Lorsque le peuple, lorsque l'homme du peuple arrive, par hasard, par bonheur, à la vérité, et par elle à la vertu, il est plus vrai, plus sage, plus habile que les grands et les rois. C'est toujours par le peuple que les vraies restaurations se sont opérées. Le christianisme notamment. La Réforme et la Philosophie, la Révolution de 1793, et la Révolution de juillet 1830, en tant qu'elle sera un jour (et elle le sera) dénaturée, qui les a faites ou qui les fera? les mauvais princes, les princes efféminés, les princes sanglans et quelquefois les princes du sang!!!

C'est pour cela que j'ai pris aujourd'hui la défense du peuple.

Et cette défense, je l'ai prise, à son tour, avec la plus grande connaissance de cause, et de la meilleure foi du monde, Dieu le sait; je l'ai prise dans les plus chers intérêts des rois de toute origine.

Or, le peuple ordinaire (il ne s'agit pas ici de l'autre), le peuple que nous, rois que nous sommes, car il y en a des rois même dans la propriété, et je le suis comme un autre, le peuple que nous laissons dans l'incertitude de la vérité et du devoir; que dis-je? le peuple que nous plaçons dans l'ignorance; le petit peuple, auquel nous ne savons ni procurer du travail, ni donner du pain; le peuple-roi auquel nous n'avons l'art ni de décerner des honneurs, ni d'apprendre à les dédaigner; le peuple que nous mettons tous les jours en présence de notre ignorance personnelle, de nos passions, de nos crimes, et de nos crimes couronnés....!

Que voulions-nous qu'il fît contre...trois Pouvoirs?

C'est la seule question du procès :

Avouons-le, elle ne fait pas question !

Nous allons donc la résumer, surabondamment :

Le peuple *a vu*, *de ses propres yeux vu ;*

Il a vu en sept années (la nature, prouvée par l'histoire, ne permet pas de voir ou de se rappeler, de garder sur le cœur au delà) toutes les sortes de principes, les principes les plus contraires, également ou tour à tour soutenus par ses maîtres.

Il a vu les rois et les ministres reconnaître personnellement, proclamer jusque dans les chartes, laisser soutenir, et quelquefois encourager, la philosophie, c'est-à-dire l'égalité et la liberté des passions, aussi bien, et souvent mieux que le christianisme : c'est-à-dire l'abnégation, seul fondement possible de l'ordre public.

Il a vu la division s'établir, se manifester, s'aggraver dans la famille de ses rois ;

Il a vu les nombreux abus de la restauration, des cumuls impossibles, des élévations, des oublis ou des abaissemens sans motifs.

Il lui a semblé voir les anciennes familles que la révolution avait déshéritées, mais qui avaient elles-mêmes fait la révolution, redemander leurs successions paternelles à une génération innocente, née depuis la révolution, et dont les pères en avaient souffert comme tout le monde.

Il a vu des justices essentiellement partiales, des condamnations, des acquittemens inouïs.

Il a vu les ministères se succéder, et détruire, les uns, ce que les autres avaient édifié.

Il a vu l'homme que le clergé semblait mettre à sa tête, redemander les temps où les pontifes étaient presque aussi souverains dans les états que dans l'Eglise, et menacer la France, les foudres pour ainsi dire à la main, de lui faire voir *Ce que c'était qu'un prêtre.*

Il a vu les abus, il a vu surtout l'opposition active, habile, incessante, qui signalait, qui exagérait, il faut le dire, ces abus.

Voilà ce que l'homme du peuple (et l'homme du peuple ici c'est la France) a vu; on sait ce qu'il a appris : au théâtre, et dans la littérature, les passions; dans l'université, avant tout la *grandeur romaine*, l'héroïsme de Brutus, la tyrannie de César; et, par surcroît, les amours de Virgile et l'indifférence d'Horace.

Et puis, et comme pour couronner ses expériences, ses connaissances et ses préjugés sur ce qu'on appelait *la Restauration*, le peuple voit ces Ordonnances qui lui semblèrent les colonnes d'Hercule du despotisme exercé contre lui !

La révolution de juillet intervient.

Il la *voit* assez, car il l'a faite, et il l'a faite en se jouant (1) :

(1) On trouve cette vérité naïvement décrite dans une allocution de M. de Montalivet à la chambre du 29 décembre 1830 :

« Ainsi s'accomplira peu à peu la tâche patriotique immense attribuée au gouvernement du roi par cette Charte de 1830, où sont déposés tous les germes d'une organisation complète et définitive de la liberté, et hors laquelle il n'y a ni promesses à faire, ni conditions à imposer. Ainsi s'élargira et s'affermira de plus en plus la base déjà inébranlable d'un trône élevé sur les suffrages de la France entière, et sur lequel s'est assise une de ces hautes et si pures probités politiques, qui ne permet aucun espoir à une prétention illégale. Ainsi continuera d'être donné pour la première fois au monde, ce spectacle magnifique d'une révolution qui ne retentit au delà d'elle-même que pour constater sa fin, d'une révolution qui n'a eu besoin ni de mesu-

Il l'a faite, et il en reçoit, d'un bout de la France, d'une extrémité de l'univers à l'autre, des félicitations que n'effaçaient point des satires isolées, ou intéressées.

Il en sort un roi, qu'il ne prend pas même la peine d'élire (1), et dont il n'a que mieux la gloire : *Sic vos, non vobis*.

Il a vu, il a entendu ce roi, lui faire *foi et hommage* de sa suzeraineté ; il sembla n'y avoir plus de différence ici, entre le créateur et la créature, que la *transposition* du titre royal :

Sous un roi citoyen tout citoyen est roi (2).

Etait-ce là un peuple qui pouvait dire :

J'ai fait des souverains et n'ai pas voulu l'être?

Et franchement le prince de Talleyrand pouvait-il dire : *Le peuple a donné sa démission?*

res exceptionnelles, *ni de tribunaux extraordinaires* pour assurer le triomphe de ses principes : tant il est vrai que la révolution de juillet n'est autre chose que le mouvement spontané, unanime, d'un peuple qui va gravement et solennellement *ressaisir un sceptre* qu'il paraissait n'avoir laissé si long-temps que par distraction entre les mains de princes qui s'en servaient pour le frapper. C'est entre les mains d'un roi honnête homme qu'il a *déposé* ce sceptre, et ce peuple maintenant se repose, certain d'un avenir dont ce roi s'est chargé. »

Toute la défense d'avril est supérieurement là !

(1) Il fallait M. Dupin, pour dire dans sa brochure *Quoique Bourbon* : « Il a été librement choisi par le vœu national ; c'est là sa légitimité. »

(2) « La légitimité de Louis-Philippe est toute populaire ; c'est une légitimité pleine et entière, *la plus pure*, la plus honorable, la plus vraie, la plus éloignée, de l'usurpation : elle lui a valu le beau titre de *roi citoyen*. » (M. Dupin, *Révolution* 1830.)

Il n'a bien donné la sienne, lui, l'homme le plus peuple et le moins peuple qu'il y ait au monde, que lorsqu'il l'avait reçue de la nature préalablement !

Aussi, le peuple s'est-il cru roi, a-t-il voulu demeurer roi, faute de mieux ;

Il a voulu l'être, avec d'autant plus de despotisme naturel, qu'on a bientôt voulu, ingrat qu'on était, hypocrite qu'on avait été, qu'il cessât d'être roi.

Le peuple se crut donc, il dut se croire à la fin de 1830, plus roi que jamais : car il voyait, mieux que jamais, un roi de sa façon, reconnu, en apparence, par tout le monde, et même par tous les rois, par celui-là même qu'il avait remplacé !

Telle dut être sa *prétention !*

Or voici comment elle a été trompée.

Il est arrivé que ce roi qui lui devait tout : couronne, patrie, fortune, et peut-être sa tête, a fini (je parle toujours selon l'idée et l'imagination du peuple) par retourner contre son maître l'épée qu'il avait mise entre ses mains.

L'homme-peuple a vu l'homme-roi, ou le roi *de l'homme*, faire précisément tout ce qu'ils avaient blâmé, l'un et l'autre, pendant le règne précédent.

Et avec cela il l'a vu continuer de blâmer tout ce règne.

Il l'a vu partager en deux parts distinctes le peuple de juillet : l'une pour l'élever à côté de lui, lui livrer exslusivement tous les avantages, tous les honneurs, toute la fortune et toute la gloire de la révolution ; l'autre pour lui en laisser toute la misère et toute la honte, car il y a bien un vilain côté dans les choses les plus glorieuses.

Il l'a vu écarter, avec plus ou moins de franchise

ou de prudence, les hommes qu'il se croit, à lui peuple, les plus et les seuls dévoués, les trois grands hommes, ou plutôt les trois grands rois de juillet : MM. Lafayette, Laffitte (1), et Dupont de l'Eure.

Il l'a vu, au contraire, recevoir ou appeler autour de lui des hommes qui avaient déjà eu tous les priviléges de la restauration ; qui avaient été coupables de toutes ses imprudences, de ses injustices, de ses catégories ; et auxquels la volonté n'avait pas manqué pour les rendre éternels à leur seul profit.

Il a vu le roi du peuple élever, et le voit conserver, à tout prix, précisément les hommes du peuple qui ont semblé le plus subitement, le plus imprudemment, le plus vénalement, le plus lâchement et le plus hautement ingrats envers le peuple.

Regardant de près le roi du peuple, l'homme du peuple s'est rappelé le bruit public, historique, de son opposition de restauration au membre régnant de sa famille, qui, plus d'une fois, se trouva dans le cas de lui dire le terrible : *Tu quoque !*

Il l'a vu traiter en étrangère, en criminelle, la femme, forte même en ses faiblesses, qu'il avait jadis saluée comme reine ; et qui s'était élevée, sinon dans la pensée des sages, du moins dans l'opinion publique, en se faisant, toute seule, homme et même roi contre lui !

Il se rappela les millions d'indemnités reçus, possédés, multipliés, ajoutés aux millions patrimoniaux, sur la tête de l'homme dont le père s'était dit : *Égalité*.

Il a vu, à tant de terre, à tant d'or natifs ou légaux, se joindre tant d'or *civil* et constitutionnel ;

(1) « Ma maison offre le résumé de la révolution de juillet. » *Lettre* de M. Laffitte aux électeurs de Paris, 1834.

Il a vu *Pélion entassé sur Ossa;* et la plus grande fortune européenne s'accroître, par la grâce d'une femme..., de la plus grande et de la plus terrible succession prématurée (1).

(1) On sait la noble et touchante *Lettre* que le duc d'Orléans écrivit à l'Evêque de Landaff, le 28 juillet 1804, en apprenant la mort du duc d'Enghien.

Treickenham, ce 28 juillet 1804.

. . . .

« J'étais certain, mylord, que votre ame élevée éprouverait une juste indignation à l'occasion du meurtre atroce de mon infortuné cousin. Sa mère était ma tante ; lui-même, après mon frère, était mon plus proche parent. Nous fûmes camarades ensemble pendant nos premières années, et vous devez penser d'après cela que cet événement a dû être pour moi un coup bien rude. Son sort est un avertissement pour nous tous. *Il nous indique que l'usurpateur ne sera jamais tranquille tant qu'il n'aura pas effacé notre famille entière de la liste des vivans.* Cela me fait pressentir plus vivement que je ne le faisais, quoique cela ne soit guère possible, le bienfait de la généreuse protection qui nous est accordée par votre nation magnanime. »

Hélas ! pour être saignée à blanc, *notre famille* infortunée n'avait pas besoin d'une main étrangère, elle n'avait besoin que de la sienne !

Et toutefois le *suicide* est bien autrement funeste que le meurtre.

A votre place, j'eusse dédaigné, je jetterais aujourd'hui là, alors même que je ne serais coupable que de loin (et la famille est bien un peu solidaire, si la société ne l'est pas), je me laverais encore les mains d'un or sanglant.

Je ne souffrirais pas qu'un de mes enfans en fût souillé.

Je me fusse rappelé que l'ancien *Deutz* lui-même *reporta les trente pièces d'argent,* qu'*il les jeta dans le temple*, que *les princes des prêtres* eux-mêmes *dirent : il ne nous est pas permis de le mettre dans le trésor, parce qu'*elles sont *le prix du sang; et* qu'*ils en achetèrent un champ pour la sépulture des étrangers, auquel ils donnèrent le nom* de sa tache originelle : HACELDAMA ! *le champ du sang!*

Je l'eusse employé, cet or régicide, à dresser, en quatre lieux, un monument quatre fois expiatoire du 21 *janvier* 93, du 20 *mars* 1804, du 13 *février* 1820, et du 27 *août* 1830.

J'eusse, avant tout, fait trembler, d'un regard, en ma présence, la

L'homme du peuple a vu le roi du peuple ajoutant à son élévation, à ses enrichissemens, les enrichissemens de sa famille; faire et menacer de faire, comme autrefois le peuple romain, des rois pour instrumens de son omnipotence: *Ut haberet et reges instrumenta servitutis !*

D'un autre côté, l'homme du peuple a vu un tableau tout différent.

Il a vu, de loin, la famille royale exilée de Prague... *Major è longinquo reverentia*; il a oublié ses défauts, tous de qualités; il s'est rappelé sa bonté, sa confiance natives, ses éternels malheurs, ses résignations connues, l'histoire enfin des Bourbons qui se confond avec l'*Histoire de France*, toute pleine de vertus et de triomphes patriotiques.

Il a vu à la fois, avec un intérêt égal, et les cheveux blancs de l'aïeul, et le sang du père, et la candeur innocente du petit-fils que *Dieu* seul avait *donné* et qu'il paraît garder seul.

Il voit, autour de lui, ces hommes dont on lui avait fait si peur il y a quelques années, qu'on lui avait présentés comme ses ennemis naturels, sous le nom de *parti prêtre*, il les voit exclus des avantages du monde,

femme hardie, la femme au front qui ne *rougit* jamais, qui fût venue m'apprendre la mort de son maître,

Et sa tête à la main demander son salaire.

J'eusse redouté le terrible adage de droit romain et de droit français, de droit civil et même de droit royal: *Is fecit crimen cui prodest.*

Et je me fusse rappelé avec effroi le mot que la mère de mon premier ministre, Madame de Staël, rapporte dans ses *Considérations sur la révolution* : « Comme on annonçait un jour les Princesses *du sang* à la cour de Bonaparte, Quelqu'un (*sic*), dit : *du sang d'Enghien!* » ; ajoutant que « tel fut en effet le baptême de cette nouvelle dynastie. »

dépouillés souvent des droits du sanctuaire, accepter avec résignation leur condition nouvelle, et prêcher partout, aux empressemens de foules jusque là inouïes, de l'exemple aussi bien que de la voix, la soumission aux puissances, et la paix publique.

S'élévant plus haut, et le peuple quand il est vraiment libre, vraiment lui-même, s'élève aussi haut que les meilleurs philosophes ; il a vu le plus terrible *fléau de Dieu*, le signe le plus éclatant de sa *colère* bienfaisante, fondre sur la France, précisément depuis le retranchement de la branche naturelle (1). Lorsque le père de famille veut châtier ses enfans, il a soin d'écarter la mère !

Voilà une partie de ce que l'homme du peuple a vu, de ce qu'il voit, de ce qu'il entend, de ce qu'il lit tous les jours, sur le roi. Voici ce qui le regarde dans les affaires de la royauté nouvelle ; ce qu'il ressent individuellement ; ce qu'il souffre ; ce qu'il est porté à imputer, bien qu'injustement, à la royauté nouvelle :

Il voit, à la conscription, dont il supporte seul le poids, se joindre la majeure partie, la partie où le dévouement n'est point accompagné de l'honneur, de la garde nationale.

(1) C'est un antique usage en Chine, dans les calamités publiques, que les rois s'accusent de leurs fautes devant leurs sujets, et qu'ils s'imposent une pénitence publique, comme premiers coupables. Le dernier roi du Tongking a composé sa confession en beau style, où il retrace le *choléra* qui a moissonné, en 1820, le dixième de la population chinoise. (Voir les *Annales de la Propagation de la Foi.*)

Il voit le budget de l'année actuelle toujours plus énorme que celui de l'année précédente.

Il voit (car ici pour lui entendre, c'est voir) à des dettes connues, ajouter des dettes ignorées, anciennes, étrangères, énormes, et qui lui semblent avoir été comme inventées, pour rendre odieuse, et à jamais impossible en France, la république d'Amérique, si chère à l'homme du peuple de France.

Il se voit, seul pauvre, seul délaissé, sans connaissances utiles, sans emploi, quelquefois sans pain, n'étant pas sûr d'un lit à l'hôpital.

Il voit, lorsqu'il s'est laissé aller au désespoir d'une émeute, ou seulement d'un rassemblement machinal, que, comme il n'y a point eu de gouvernement clairvoyant pour le mettre en garde contre lui-même, il n'y en a point d'honorable, point de français, et qu'il y a d'*allemand* pour l'arrêter; qu'il n'y a en point de paternel, point de juste, qu'il n'y en a pas toujours de légal et d'humain, pour le punir.

Lorsqu'il s'est élevé, lui ou les siens, car tout ici est solidaire, à ce qu'il croit son droit, son devoir peut-être, et le dernier acte de son héroïsme, il se voit traîné de prisons en prisons, de juges en juges exceptionnels ; et cela par ceux-là même qu'il a faits, ce qu'ils sont, tout puissans contre lui !

Et puis, comme pour ajouter à l'égoïsme, à la dureté, à l'impopularité, l'ironie, ces mêmes hommes proclament sur la ruine (ils proclameraient je crois sur le cadavre) de leurs victimes, la souveraineté de leurs victimes !

Ille crucem sceleris pretium tulit, hic diadema (1).

(1) Juvénal, Satire 13.)

Les hommes du peuple voient toutes ces choses : Ils les sentent, ils en sont personnellement pénétrés ; si l'un d'eux l'ignorait, il l'entend dire et crier tous les jours par tous les journaux, et par tout le monde.

Ils voient les barreaux de toutes les villes se lever comme un seul homme pour prendre, à tout prix, leur défense.

Ils voient le plus éloquent des prêtres, celui qu'on leur présenta 15 ans comme le plus grand apologiste de l'Église romaine, c'est-à-dire d'un Dieu innocent crucifié, chercher la gloire (qui le fuit ailleurs) dans leurs conseils ; et trouver, si nous osons le dire, dans leurs cachots, le sanctuaire !

Tant de choses données, il faut le reconnaître, il faut l'avouer, il faut le crier, ou rien ne saurait être reconnu dans les affaires humaines, l'homme du peuple, et par conséquent tous les hommes du peuple, ont pu, ils ont dû croire, ils ont dû être convaincus que la *comédie de quinze ans* était une comédie auprès de la tragédie de quatre années !

Donc, ils sont, philosophiquement parlant, innocens.

Ils sont amnistiables du moins :

Quod erat demonstrandum.

Mais on peut, il faut même s'élever plus haut pour voir encore mieux, je ne dirai pas la convenance et l'opportunité de l'amnistie, mais sa légitimité, mais sa justice, mais son égoïsme, mais son habileté et son urgence.

L'amnistie est tout cela à la fois, par la raison démontrée par le sens commun aussi bien que par la philosophie et la religion, par la raison qu'une royauté nouvelle et *de main d'homme*, est seule, toute seule, exclusivement, l'occasion et même la cause des oppositions et des crimes d'état commis sous son règne. Elle sera, cette cause, éternellement : parce qu'avant son existence, elle n'a pu se préparer, pendant son existence, se soutenir, et même après sa fin se faire oublier ou se rappeler qu'à la faveur d'une commotion universelle dans les esprits, d'une secrète ambition dans les cœurs, d'une révolte toujours flagrante dans les volontés.

La royauté légitime, c'est-à-dire la royauté sans date contemporaine, la royauté historique, la royauté d'origine inconnue et mystérieuse, ou, en d'autres termes, la royauté *par la grâce de Dieu*, ou de droit divin, et, comme telle, irresponsable et respectée; cette royauté *antique et solennelle*, à laquelle aspire sans cesse la royauté d'un jour, est en politique ce qu'est en architecture la clé de la voûte, qui ne peut être déplacée qu'à la condition de l'anarchie de toutes les pierres adjacentes ou éloignées qu'elle contenait, qu'elle obligeait à l'ordre, par le seul fait de sa présence réelle.

La *pierre* unique de la voûte sociale ne tombe pas, je le sais, ou je le crois du moins, sans sa faute préalable; mais elle tombe bien aussi par la faute des pierres accessoires, et surtout de celles qui ne font qu'un avec elle.

Métaphores à part, les meilleurs princes du sang sont presque aussi coupables de la chute des rois que les rois eux-mêmes; et il y a des millions de rois à parier contre le denier du prolétaire, que sans *Égalité* Louis XVI serait encore roi de France, et que sans son fils (que je crois innocent toutefois) Charles X serait encore aux Tuileries, tandis qu'il serait lui-même à Neuilly.

O fortunatos nimiùm, sua si bona norint,
Agricolas!

Quoi qu'il en soit, et en résumé, il est vrai de dire que la première excuse, ou du moins la cause seconde de la révolte de *juin* et de celle des hommes *d'avril*, comme la cause de l'insurrection des héros de juillet (*Félix culpa*!..) c'est le roi de juillet.

C'est lui qui devrait dire, à plus juste titre que Nisus à Euryale :

. . . *Me, me (adsum qui feci),..*
. . . *Mea fraus omnis : nihil iste nec ausus,*
Nec potuit.

VIRGILE.

Il dit, ou plutôt il semble dire, au contraire : A moi l'innocence, à moi l'héroïsme, à moi la liberté (1), et, comme je ne sais qui, dans *Britannicus :*

Vous êtes en des lieux tout pleins de ma puissance.

Mais aussi les hommes d'avril, qui savent qu'il n'y a pas *deux poids et deux mesures* au monde ; qui sentent que, s'ils furent *héros* en *juillet* (2) ils le sont *à for-*

(1) « *Personne n'est plus que moi ami de la liberté.* » — Réponse du roi à la ville de Montmédi. — *Ami de la liberté*, répliqua un jour Royer-Collard, *amant de la puissance.* — Je l'en félicite, moi, mais seul.

(2) Louis-Philippe a dit dans sa première *Proclamation aux habitans de Paris :* « Je n'ai pas balancé à me placer au milieu de votre héroïque population ; en rentrant dans Paris, je portais avec orgueil les couleurs glorieuses que vous avez reprises, et que j'avais moi-même long-temps portées. » Et dans son premier *Discours d'ouverture des Chambres :* « Je suis accouru au milieu de ce vaillant peuple. »

tiori peut-être, en *avril*, lui répondent, avec tous les philosophes et même avec tous les théologiens : et, d'abord, avec Cicéron dont le traité *Des lois* représente tout le paganisme :

« Que les Grands soient un modèle pour le public, tout ira bien, si cela est. Pour infecter la ville entière, il suffit que leurs passions et leurs vices éclatent : comme aussi, pour y mettre la réforme, c'est assez qu'ils se contiennent..... Rappelez-vous la mémoire des temps passés, et vous verrez que CE QU'ONT ÉTÉ LES GRANDS, LE RESTE DES CITOYENS L'A TOUJOURS ÉTÉ. Quelque changement qu'il y ait eu dans les mœurs des grands, le peuple s'y est conformé... Ainsi les Grands qui vivent mal, sont doublement coupables et pernicieux à l'état ; car, non seulement ils sont corrompus, mais ils corrompent, et l'exemple qu'ils donnent, est pire que le mal qu'ils commettent. »

Ils lui répondent, ce qu'au rapport du peintre de la tyrannie et des usurpations, Clémens répondit à Tibère, qui lui demandait de quel droit il s'était fait Agrippa : « *De celui que tu t'es fait César* (1). »

Ils lui répondent, avec les précepteurs et les prédicateurs des rois, avec les *directeurs de la conscience des rois:* « Une étincelle ici cause une incendie. Une action d'un roi fait souvent une multiplication et un enchaînement de crimes, qui s'étendent jusqu'à plu-

(1) L'histoire, la préceptrice du genre humain, fournit, à quelque temps de là, un trait de ce genre. Marius, qui de maître de forges devint l'un des trente tyrans des Gaules sous Gallien, fut percé d'une épée par un de ses soldats qui lui dit : « *C'est toi qui l'as forgée !* — « Romains qui m'écoutez, disait encore le Dalmate Baton, prenez-vous-en à vous-mêmes, si nous sommes révoltés ; pour paître vos troupeaux vous envoyez des loups et non des pasteurs. »

sieurs nations, et à plusieurs siècles. » (Fénelon, *direction* Xe.)

Ils lui répondent avec Bossuet, doublement prophète et de la restauration et de la révolution de juillet, et de la branche aînée et de la branche cadette, dans l'*Oraison funèbre* de la femme de Charles Ier : « Quelque haut qu'on puisse remonter pour chercher dans les histoires les exemples des grandes mutations, on trouve que, jusqu'ici, elles sont causées *ou par la molesse* ou *par la violence* des princes. Quand les princes négligent de connaître leurs affaires et leurs armées, ne travaillent qu'à la chasse, comme disait cet historien (*Venatus maximus labor est.* Quint. Curt.), ou quand, emportés par leur humeur violente, ils n'ont plus ni lois ni mesures, et qu'ils ôtent les égards et les craintes aux hommes, alors ou la licence excessive, ou la patience poussée à l'extrémité, menacent terriblement les maisons régnantes. »

Et tous les hommes d'état du XVIIIe et du XIXe siècle, les accusateurs eux-mêmes, des hommes *d'avril* sont là pour proclamer l'identité des cas et la justesse de l'argument *ad hominem* (1).

Et, avant tous les autres, le grand-père du premier ministre actuel du roi du peuple, M. Necker (2) dans

(1) Les *Tu es ille vir* suivans sont vrais, mais secondaires auprès des autres. « Si je vous avais moins respecté, disait un jour Lebon à la Convention, je ne serais pas dans les fers ; mes crimes sont ceux de la Convention. »

Dès 1789, Rivarol disait : « Les vices de la cour ont commencé la révolution ; les vices du peuple la finiront. »

(2) Sa femme plus forte selon moi que lui, sa femme, dont Barère a analysé le bel *Esprit*, en a laissé ce trait-ci : « Le sage ne pardonne jamais, car on ne saurait l'offenser ».

Le plus célèbre des publicistes et le plus habile des orateurs du parti

son meilleur ouvrage, celui de sa retraite et de ses

aujourd'hui triomphant, et qui fut revêtu de la présidence de son Conseil d'état, Benjamin Constant, a fait la belle profession de foi suivante à la chambre du 30 juin 1828 :

« Dans toutes les sessions précédentes j'ai soumis à la chambre des observations sur les frais de justice. Plusieurs de ces observations, je m'en félicite, ne sont point applicables au moment actuel. Aucune autorité ne se permet de provoquer le crime pour se faire un mérite de la répression.

« Aucun rapport n'est chargé de séduire la faiblesse, de corrompre l'innocence, d'évoquer dans des esprits trop confians d'anciennes affections prêtes à s'éteindre ; aucun agent provocateur ne souille par des travestissemens coupables les insignes de la gloire, pour recevoir ensuite le salaire de son infamie et *le prix du sang*. Mais une autre partie des réflexions que je présentais alors avec peu de succès à une autre chambre, subsiste malheureusement dans toute sa force. *Qui dit crime*, Messieurs, *dit ignorance ;* et, jusqu'à présent, les efforts pour dissiper cette ignorance, sont bien incomplets et bien insuffisans. Je n'hésite pas à le proclamer : lorsqu'un gouvernement refuse à l'indigence les moyens de s'instruire, il appelle sur lui la solidarité de tous les attentats que l'absence de lumières entraîne ou multiplie ; et le condamné, qui, dans son trajet vers l'échafaud, passe devant la demeure des dépositaires du pouvoir, peut à juste titre, devant Dieu et devant les hommes, les rendre responsables et de son crime et de son supplice. *Son sang est sur eux*, car ils l'ont empêché de savoir ce qu'il faisait. Il ne faut pas peu d'intelligence dans la classe qui ne possède rien, pour comprendre que c'est à bon droit que nous possédons tout, et si nous avons paralysé cette intelligence, en lui disputant les moyens de se développer, c'est nous, *nous seuls*, qui sommes les vrais coupables. J'attends du gouvernement, si, comme je le crois, il veut l'innocence, qu'il écartera tous les obstacles opposés au mode d'instruction le plus rapide et le plus efficace ».

Le seul énergique, et selon moi, le plus habile des poètes du XIXe siècle, que le gouvernement ne récusera pas davantage, puisque de *Némésis* il s'est fait pour lui *Minerve*, a tracé la même vérité, dont le salut de la France aujourd'hui dépend, dans ces beaux vers, qui ne changeront pas comme leur auteur :

> Allez, nous connaissons notre moderne histoire.
> Aux enfans d'aujourd'hui vous pouvez faire accroire

dernières expériences, son traité *Du pouvoir exécutif dans les grands états* : « Ce n'est pas seulement vers ces principes généraux que je voudrais diriger l'attentions des juges et des *jurés d'Orléans* (*sic*), j'ose encore les inviter à réfléchir que la vérité, DANS LES PREMIERS TEMPS D'UNE RÉVOLUTION, devient une dureté attenante à l'injustice. IL FAUT LAISSER LE TEMPS AUX ESPRITS DE RECONNAITRE LA NOUVELLE PUISSANCE. Il faut leur laisser le temps d'éclairer leur conscience et de se détacher de leurs vieux sentimens...... Je ne sais véritablement si, dans un pareil désordre, les crimes d'état appartiennent uniquement à ceux qui les commettent, et si le sang des victimes abattues sous le fer de la loi, ne serait pas un sacrifice qui servirait de *reproche éternel* à un sys-

Que nos fiers montagnards, voluptueux bourreaux,
Pour s'abreuver de sang suivaient les tombereaux ;
Que Danton, Desmoulins ou Fabre d'Églantine,
Dans leur soif de plaisir léchaient la guillotine!
Oh! vous les jugez mal ces hommes ; comme nous
Ils étaient tolérans, pacifiques et doux.
L'indomptable Danton, l'effervescent Camille,
Idolâtraient les arts, les banquets de famille,
Les rayons du soleil qui tombent d'un ciel pur,
Et les rêves d'amour dans les bois de Tibur.
Ah! s'ils ont fait verser tant de larmes amères,
S'ils ont livré la France au fer des victimaires,
C'est que bien avant eux l'intrigue ou le hasard
Avaient mis au pouvoir des Guizot, des Collard,
Des Périer, des d'Argout, des Dupin, des Decazes,
Héros de cabinet, aux doucereuses phrases,
Qui, desséchant les cœurs sous des systèmes froids,
Préparaient la Vendée et la ligue des rois!
Ceux dont le bras puissant sauva la république,
Arrachèrent l'état à cette route oblique ;
Et leur vie eût été pure de sang humain,
S'ils eussent les premiers ouvert le droit chemin.

tème de gouvernement, le principe de tant de fautes, l'origine de tant de malheurs » !!!

Et M. Guizot dans le meilleur, dans le seul bon de ses livres nombreux sur la *Justice politique* : « Le gouvernement étant institué pour être bon, c'est-à-dire pour satisfaire aux besoins généraux de la société, si l'état de la société est mauvais, cela prouve que le gouvernement n'est pas bon » (p. 21). — « Vous le voyez, le fait est constant ; il y a eu complot, un grand complot ; maintenant je dis que ces hommes là en sont coupables » (p. 39). — « Un bon médecin sait l'hygiène, la santé, il se dispense de recourir aux remèdes violens. Les gouvernemens *sont tenus* de savoir l'hygiène du corps social ; leur institution n'a pas d'autre fin ; et c'est quand ils ne la savent pas, qu'ils sont contraints de convertir l'espionnage en provocation, le mécontentement en complot, la justice en politique » (p. 66). M. Guizot insiste sur le grand point de la criminalité du pouvoir inhabile dans son traité *Du gouvernement représentatif et de l'état de la France*, au commencement même du chap. 1er, intitulé : *État de la question :* « Ce sont des révolutions faciles à terminer que celles où les peuples ne résistent et ne combattent que pour être libres ; quand elles entraînent des déchiremens, c'est à l'injustice et à la mauvaise conduite des gouvernemens qu'il faut l'attribuer ». Il ajoute ce remarquable trait historique, à la page 74 : « Dans la discussion qui eut lieu en Angleterre sur la traite des nègres, un partisan de la traite racontait, pour la justifier, les révoltes continuelles d'esclaves : — Oui, s'écria Fox, forcez-les à devenir fous, et plaignez-vous ensuite de ce qu'ils le sont » !

Et M. Pasquier, dans le seul humain de ses nombreux *Discours*, celui en faveur de l'amnistie manquée de 1816 :

« Vous le voyez, messieurs, nous avons été cent fois plus coupables que nos pères, triste condition de la nature humaine ; et c'est précisément parce que nous avons été plus coupables, c'est parce que nous avons AU MILIEU DE NOUS et de plus grands criminels, et un plus grand nombre de criminels, que l'amnistie est encore plus nécessaire » !

Et le roi Louis-Philippe lui-même, lorsque, en répondant à l'académie de Nancy, dans son voyage en Lorraine, il a dit : « L'éducation empêche la misère de devenir coupable, et facilite les lois ; car la plupart des crimes sur lesquels la justice appesantit son bras sont commis par des malheureux sans éducation. » — Or, n'êtes-vous pas maître, grand-maître de l'Université ?...

Il a dit à Châlons, au comité agricole du département de la Marne : « J'absous les hommes qui se sont alors trompés ainsi (en 1793 !), parce que j'ai la conviction qu'ils n'ont erré que par défaut d'expérience ; et c'est ainsi qu'ils sont arrivés à des résultats dont ils ont été les victimes, et dont tous nos efforts tendent aujourd'hui à préserver mon pays ». Si 93 est innocent, se pourrait-il que 1834 fût criminel ?...

Il était bien différent du roi du peuple, le roi de Dieu, l'infortuné Charles X, dès le temps où il était *lieutenant-général* aussi, lorsqu'il laissa échapper de son cœur, encore plus que de son esprit, cette maxime profondément philosophique (1), profondément hu-

(1) Le comte de Maistre est l'écrivain de nos jours qui a été le plus préoccupé de la solidarité humaine et sociale. Il a communiqué sa

maine, éminemment française : « Tout le monde a été coupable, ou personne ne l'a été » !

C'était le mot de 1816 (1).

Ce sera celui de 1835.

préoccupation au plus grave de nos littérateurs sensibles, à M. Ballanche, dans son *Essai sur les institutions sociales*. « Les peuples, dit-il, sont punis pour les fautes des rois ; mais les peuples ont mérité d'avoir des mauvais princes, car les jugemens de Dieu sont toujours équitables. Ici nous sommes sur la route de leur doctrine que nous regardons comme *au-dessus de nos forces*, la solidarité. » — C'est pourtant la plus simple, la plus populaire doctrine qu'il y ait au monde !

(1) Dès 1811, sous le règne de Bonaparte, le président de la cour criminelle de la Seine, ayant demandé au général Mallet : *Quels étaient ses complices ?* il lui répondit : « Si j'avais réussi j'aurais, pour complice, la France, l'Europe et VOUS-MÊME, M. LE PRÉSIDENT ».

Mallet fut exécuté parce que Bonaparte était roi. Quand c'était le temps d'Henri IV, il dit, jusqu'à la mort inclusivement : « Laissez-les faire, ils sont encore fâchés ! »

Le plus célèbre des criminalistes, un avocat-général du Midi, bien autrement habile que M. Martin du Nord, Servan, disait dans son *Discours sur les connaissances humaines* : « Dans tous nos maux, j'accuse bien plus les mœurs publiques que les erreurs particulières. »

Conséquent à cette vérité criante, le plus populaire des publicistes, Montesquieu, dit au chapitre XXI, du livre VI : « La clémence est la qualité distinctive des monarques, car dans les monarchies, l'honneur (aujourd'hui c'est plus ou moins que l'honneur, car c'est la mode) exige souvent ce que la loi défend. » Et mieux encore, au chapitre XVIII du livre XII : « Quand une république est parvenue à détruire ceux qui voulaient la renverser, il faut se hâter de mettre fin aux vengeances, aux peines, aux récompenses même. Sous prétexte de la vengeance de la république, on établirait la tyrannie des vengeurs. Il faut rentrer le plus tôt possible dans le train ordinaire du gouvernement. »

Au fait, les amnisties furent toujours, et dans tous les pays, le droit commun des troubles : on peut se contenter de voir la longue liste de celles des rois de France, dans la table des *lois anciennes* de M. Isambert. Toutes les assemblées, tous les gouvernemens, tous

Ce le sera, ou bientôt la France n'aurait plus qu'un tyran unique, ce qui serait honteux, et ce qui n'est pas même possible ; ou bientôt elle aurait des tyrans en foule, et ce serait effroyable !

Le roi du peuple, que j'appelle roi pur et simple, à-présent que je parle selon ma raison, selon ma conscience, selon moi, le roi qui, d'un mot, peut prévenir ces deux sortes de tyrannies, ne les souffrira point, car elles retomberaient toutes deux sur sa tête ! « Comme il s'élève, du fond des vallées, s'écriait Fléchier dans l'*Oraison funèbre de Turenne*, des vapeurs grossières dont se forme la foudre qui tombe sur les montagnes, il sort du cœur du peuple des iniquités dont vous déchargez, ô mon Dieu ! les châtimens sur la tête de ceux qui les gouvernent ou qui les défendent ». — Massillon, naturellement doux et humble d'éloquence et de vérité, a traité le sujet plus hardiment dans un *Sermon sur les vices et les vertus des grands*, qu'il commence par cette proposition terrible, que je voudrais voir dans la mémoire de tous les rois : « Un jugement très sévère est réservé à ceux qui sont élevés, dit l'Esprit de Dieu : on fera miséricorde aux pauvres et aux petits ; mais le Seigneur déploiera toute la puissance de son bras pour châtier les grands et les puis-

les rois en octroyèrent depuis 1789 jusqu'à Bonaparte, dont la dernière date précisément de *Lyon*, le 12 mars 1815 !

Nicolas lui-même, le plus despote des rois *du Nord*, où le despotisme est dans sa terre classique, a publié une amnistie au mois de mai 1829, la quatrième année de son règne ; il en a publié une seconde depuis la dernière et terrible insurrection de Pologne.

Il appartenait à la seule troisième législature de dire : « L'amnistie est un crime qui ne peut en couvrir d'autres. »

(V. Lally-Tollendal, *Défense des émigrés français*.)

sans : *Exiguo conceditur misericordia; potentes autem potenter tormenta patiuntur*. SAGES. 6. 7. » Et d'où croyez-vous, mes frères, que vienne cette licence effrénée parmi les peuples... ? Les péchés des peuples deviendront un jour les crimes propres des rois ». *Et nunc reges intelligite, erudimini qui judicatis terram*. Ps. 2. 10.

Un *Philippe* aussi, un autre Philippe, à qui rien ne manquait, puisqu'il avait Charles-Quint pour père, les cardinaux Ximenès et de Granvelle pour ministres, perdit les mêmes Pays-Bas dont Louis-Philippe a fait comme un nouveau fief de sa suzeraineté ; et cela, parce qu'il laissa le duc d'Albe être sévère, lorsque le *Cardinal d'Espagne* lui disait, au rapport de Herrera : « Bien loin de recouvrer de cette façon la Flandre, vous vous exposez encore, sire, à perdre l'Espagne qui est votre capitale. Votre majesté se perdra elle-même, si elle persiste à ne voir que des révoltés là où il ne doit y avoir que des sujets et des enfans ».

Mais, me dira-t-on, avec votre système de tolérance et de rémission, les hommes qui ont pu se révolter impunément, se révolteront de nouveau, et sans fin, jusqu'à la victoire inclusivement ? Ceux que la crainte du châtiment a retenus se laisseront aller avec l'espérance de l'impunité ? et l'ordre public sera sans cesse troublé?

Les premiers ne se révolteront de nouveau que mieux, avec la peine.

Les seconds n'en seront que plus enclins à se révolter, avec elle.

La terreur du châtiment, qui peut être de quelque considération dans les temps et pour les crimes ordinaires, c'est-à-dire tenus pour crimes par tous les partis et tout le monde, est nulle dans les temps et pour les attentats exceptionnels :

Les seuls dont il s'agisse ici.

Le sang des chrétiens était générateur des chrétiens, disait Tertullien : *Sanguis martyrum semen christianorum :*

Cela est vrai du sang des républicains, lorsque la république est devenue, par le fait de républicains devenus rois, ou de rois qui se flattent et se laissent flatter du titre de rois-républicains, un parti honorable et même redouté.

Mais quand viendra le temps de punir et de punir efficacement?

Lorsque le droit sera venu; lorsque la quasi-légitimité sera devenue une légitimité tout entière ; lorsque les précédens de la dynastie seront oubliés; lorsque le changement de règne sera expié par un changement de capacité et de justice dans les gouvernans, un changement de bien-être dans les gouvernés ; lorsque la faculté, lorsque la puissance enfin de punir seront arrivées : car c'est bien une difficulté que l'impuissance ! Et, pour tout dire, tout résumer en un mot, comme le titre de notre ouvrage, lorsque d'amnisties en amnisties, le gouvernement de juillet se sera élevé au privilége, éminemment royal, de tenir levé le glaive et au besoin de le faire tomber, et de faire entendre et accepter ces beaux vers de Casimir Delavigne :

Peuple affranchi, dont le destin commence,
Croise tes bras après ton œuvre immense !...
Peuple ! repose-toi !

Jusque là, la justice proprement dite, et surtout l'extrême justice, est une injure extrême : *Summum jus, summa injuria*, comme disait le droit de la république romaine, que Racine traduit très à propos dans le Jocaste de ses *Frères ennemis :*

Une extrême justice est une extrême injure.

Et que Servan disait, d'une autre façon, dans cette exclamation célèbre : « Oh! justice humaine, que de choses il vous manque pour être juste!!! »

L'amnistie est utile, elle est bienfaisante, elle est nécessaire pour faire aimer celui qui la donne, pour le faire aimer à la grande majorité, toujours indifférente, de la nation qui n'a pas besoin d'amnistie, et qui, à la longue, seule peut prévenir les troubles qui rendent l'amnistie nécessaire.

L'amnistie n'est pas utile, je le sais, elle est encore moins urgente pour désarmer les ennemis, car elle les irrite peut-être. Les hommes du peuple sont tentés de dire au roi du peuple (1), comme jadis à Mirabeau Beaumarchais : *Reprenez votre insolente estime!* ou comme l'énergique comte de Saint-Roman, que le *Journal des Débats* fit mourir de son chef une des semaines dernières, disait un jour aux *patriotes du sol,* en sa qualité d'émigré royaliste : *Nous ne recevons pas de pardon, nous pardonnons!*

Seulement, laissez-les libres, eux et les leurs, de

(1) En attendant, ils disent à son procureur-général, requérant provisoirement contre eux le minimum d'une peine : Nous en voulons le maximum !

vous parler; car le despotisme, ici, ils ne vous le pardonneraient jamais;

La France, et l'Histoire, non plus.

Mazarin laissait *chanter* pour qu'on le *payât;* nous pouvons bien, nous, laisser raisonner, et même déraisonner, puisque nous demandons la tête!

UN SUJET DEVANT SON ROI.

DEUXIÈME PARTIE.

JUSTIFICATION JUDICIAIRE ET ABSOLUE DES MINISTRES DE CHARLES X.

« Un Roi de France ne meurt jamais,
Ni, par conséquent, un sujet d'un tel roi. »
(LOISEL, *Institut.*, art. III.)

« Les Nobles sont proprement les premiers sujets du Roi. »
(*Id.*, art. XVIII.)

« *Je jure à mon Dieu* et à la face de son Église, et je vous promets, Sire, *sur ma foi et mon honneur*, que je vous porterai obéissance *comme un bon et loyal sujet* doit faire.... jusqu'à la mort. »
(*Serment* de M. LE DUC D'ORLÉANS, lorsqu'il fut reçu chevalier des grands-ordres du Roi, en 1803.)

Nous pouvons défendre les ministres de Charles X dans leur infortune : nous ne les avons jamais flattés, et nous n'en avons rien reçu dans leur puissance.

Nous avons blâmé leur longue inaction de trois cent soixante jours (1).

(1) « *Moins d'une année*, a fort bien dit M. de Bastard dans son *Rapport* à la cour des pairs de 1830, leur a suffi pour renverser un trône qu'ils se *croyaient* appelés à consolider ». Il y a, dans ce seul mot, tout ce qu'il faut à la fois pour condamner et pour absoudre les ministres.

Nous avons, les premiers peut-être, trouvé téméraire, et même aveugle, leur action d'une journée. La veille même des fatales Ordonnances, nous proposions d'autres moyens, des moyens contraires (1) de sauver la monarchie.

Il nous sied aussi, à nous, de dire la vérité à la révolution d'août (car elle est différente de celle de juillet) dans son triomphe : si nous ne l'avons pas crue licite dans son principe, nous la croyons légitime dans son existence ; nous pensons que Dieu lui-même s'est mis, momentanément, du côté du vainqueur (2). Nous considérerions comme criminelle, et qui plus est comme imprudente et suicide, l'opposition royaliste qui aurait pour *but* de leur résister (3). Nous avons même jadis regardé comme coupables les magistrats qui, rebelles à la fois à leur ancien maître et aux nouveaux, ne craignirent pas de servir la révolution malgré elle, et, sans avoir couru ses dangers, de partager sa victoire.

Le triomphe est, de sa nature, généreux : contre un ennemi triomphant, contre un heureux criminel (ce

(1) *Mémoire sur les moyens constitutionnels de réprimer la Révolution sans Ordonnances du Roi*; in-4° de 150 pages, dont la publication coïncida juste avec les Ordonnances, et qui allait être le premier à en subir la censure, c'est-à-dire, la suppression. Cet ouvrage, dont un ex-ministre lui-même n'a pas craint d'écrire à l'auteur qu'il eût sauvé la monarchie (si la monarchie pouvait être alors sauvée), est devenu, depuis cette époque, un monument d'histoire, dont la prévoyance et la modération ont surpris les plus prévenus contre le premier *Mémoire au Roi*, que l'*Adresse* du non-*Constitutionnel* a si fort dépassé.

(2) « *Victrix causa Diis placuit, sed victa Catoni.* »

Caton nous a toujours paru avoir tort.

(3) Saint Pierre, *Epist.* xviii ; Saint Paul, *aux Rom.*, xiii, v. 1 et 2 ; et la *Bible* tout entière, *passim*.

qui est bien différent d'un criminel heureux), nous n'avons pas besoin de courage ; il est d'ailleurs, il se croit du moins, trop fort pour avoir rien à redouter de la logique ; trop éclairé pour ignorer que, s'il avait un moyen d'être durable, ce serait d'être juste et même clément. A la raison de la force, on a besoin de la force de la raison ; et la première justice est celle qui commence par écouter ses adversaires, lorsqu'ils n'ont d'autre arme que la parole, et d'autre ambition que la paix publique.

Nous ne sommes pas sans doute au règne de la Convention, dont M. Thibeaudeau lui-même dit ces paroles effrayantes dans ses *Mémoires* : « C'était peine perdue que de discuter les chefs d'accusation. Dès le premier jour de l'instruction, chaque membre de la convention avait *son opinion faite ;* les uns avaient résolu de sauver les accusés ; les autres de les condamner : on ne jugeait pas, on combattait. »

Ce n'est d'ailleurs plus à la cour des Pairs que nous nous adressons, c'est au roi des Français, c'est-à-dire au sujet du roi de France, dont nous défendons les ministres : car, si les chartes elle-mêmes, véritables *fictions de droit*, sont des *vérités*, à plus forte raison l'histoire et même la nature !

Car c'est la *nature*, inflexible et impérissable, qui avait fait Charles X le roi de son cousin le duc d'Orléans (1) !

(1) Voici les paroles prononcées, en présence de M. le duc d'Orléans, sur la tombe de sa mère, le 7 *août* 1821, par l'abbé Feutrier, *qui depuis*..... « Tel serait le langage que j'adresserais aux *ennemis* du trône de nos rois ; mais je suis environné de *leurs plus fidèles sujets*, et je n'ai qu'à exprimer les sentimens que je lis dans tous les cœurs. Oui, que cette auguste dynastie nous devienne plus chère par ses

Jamais peut-être défense ne fut plus belle ; jamais aussi elle ne fut plus facile.

Me Sauzet, toutefois, l'a manquée à deux reprises :

La première, avec son logicien M. de Chantelauze, dans son beau *plaidoyer* (car ce n'était qu'un *plaidoyer*, c'est-à-dire une chose non à lire, mais à *ouïr*);

La seconde, par son perpétuel et triste silence à la suite d'une chambre des députés, et même de minis-nistres, ennemis nés de ses anciens cliens.

Une cause manquée deux fois par le seul éloquent de ses avocats, par cela même qu'il était *éloquent;* une bonne cause fortifiée d'une condamnation inouïe, et d'un emprisonnement *perpétuel* de plus de quatre fois 365 jours et 365 nuits, était devenue plus belle, plus magnifique, plus sûre, et plus facile que jamais :

C'est à tous ces titres que nous l'entreprenons (1).

Les anciens ministres sont, individuellement, des plus honnêtes hommes du royaume.

On ne les accusera pas plus de cupidité que d'injustice : la plupart, on le sait, furent appelés au ministère malgré eux ; quelques uns même ne l'acceptèrent d'abord, ou n'y restèrent, que sur des ordres formels du roi. L'un d'eux, qui fut long-temps ministre, est resté pauvre. Un second, qui fut, dans un autre temps,

malheurs mêmes ! En vain, quelques voix impies pousseraient-elles encore ce cri sacrilége qui retentit dans Jérusalem déicide. Nous ne voulons pas qu'elle règne sur nous ; *nolumus hunc regnare super nos..........* »

(1) Déjà, et le premier de tous, nous l'avons entreprise sous le titre, aujourd'hui affaibli, de *Lettre de la Logique à la Puissance*, dans un écrit qui n'a été distribué qu'à la Cour des Pairs, à la prière d'un des nobles accusés.

persécuté avec la rigueur de la tyrannie, est d'une douceur qui ne lui permit pas le plus léger ressentiment, durant une fortune qui date de la restauration et qui ne fut jamais interrompue (1). Il a été prouvé même qu'il a rendu des services à plusieurs de ses vieux ennemis.

Leur ministère, jusqu'au 25 juillet, n'est marqué par aucun acte de violence ; ils ont laissé les choses, et surtout les hommes, dans l'état même où ils les avaient trouvés. Leur inaction était devenue proverbiale (2). Les seules ordonnances qu'ils signèrent véritablement, furent des ordonnances d'humanité en faveur des militaires, des hospices, des veuves et de la jeunesse ; ils eurent les premiers l'idée de l'expédition d'Alger, qui fut entreprise aux cris d'honneur et de joie de tous les partis, dont l'issue fut d'abord si heureuse, et dont les résultats pouvaient, sans d'autres événemens, être

(1) « Le nom de Polignac rappelle tous les genres de gloire, de fidélité, de dévouement à la monarchie légitime. » (*Journal des Débats*, 6 juillet 1829.)

« M. De Polignac avait des vertus privées et le désir du bien. Ceux qui l'ont personnellement connu, l'aimaient. » (*Globe*, 22 août 1830.)

Il existe un fait historique de la maison de Polignac, qui n'est pas ici sans importance : c'est à elle que le pays doit l'origine de ce qu'elle appelle son *Gouvernement représentatif*. La fameuse *Déclaration* du 23 juin 89, première charte française, a été rédigée par d'Espréménil dans le cabinet de madame la duchesse de Polignac !... Fallait-il qu'elle retombât un jour de tout son poids sur la tête de son fils !...

(2) L'inaction du ministère Polignac est devenue célèbre ; elle avait même la prétention d'être un système. » (*National*, 3 juin 1830.) — Dès le 22 septembre 1829, le *Constitutionnel* disait : « Que peuvent-ils, que font-ils, que veulent-ils ? Rien. Ils ne peuvent ni destituer leurs adversaires, ni placer leurs amis. »

à la fois si honorables et si utiles pour la France et pour la chrétienté.

Ces hommes, jusqu'alors, avaient été fêtés par une grande partie du peuple. Ils étaient, en général, estimés ; et ils pouvaient se rendre impunément ce témoignage (1) ; ils étaient même honorés, au point d'être jalousés par les partis : il n'est personne de nous qui, s'il eût pu ou s'il eût osé, n'eût été glorieux de se lier ou de s'allier à eux par toutes sortes de nœuds.

Et pourtant, voilà qu'en peu de jours ils se trouvent menacés, assiégés dans leurs maisons, obligés de fuir à l'improviste, sans une heure pour mettre ordre à leurs intérêts les plus chers ; de fuir, déguisés, de périls en périls, au risque de leurs vies, entendant par-

(1) L'un d'eux l'a fait effectivement dans la séance du 16 mars 1830, en ces nobles termes : « Tout homme qui se dévoue au maniement des affaires du pays doit consentir à ce que sa vie publique soit soumise à une sévère investigation. Le pays a le droit de scruter les doctrines manifestées par ceux que le choix de la couronne rend dépositaires des plus chers intérêts de tous. Sous ce rapport, *nôtre vie vous appartient tout entière*, et nous ne nous plaindrons pas d'une censure dont nous ne pouvons redouter les résultats.

« Nous irons plus loin, nous *vous livrons notre vie privée et jusqu'au secret du foyer*. Examinez, discutez, si vous le voulez, toutes nos actions, nous sommes prêts à répondre à toutes les accusations dont on croirait y trouver les élémens.

« Vous le voyez, nous livrons une vaste carrière à nos adversaires ; nous acceptons toutes les conséquences qu'ils voudront tirer de nos antécédens. Que l'on cite donc ces *antécédens :* magistrats, administrateurs, publicistes, nous ne sommes pas entièrement inconnus. Quel abus de pouvoir, quel acte arbitraire, quel acte inconstitutionnel peut-on signaler ? on ne précise rien, on n'a rien à préciser ; et jusqu'où va l'aveuglement de la volonté d'accuser ? on nous reproche jusqu'à notre inaction. »

tout, dans le plus petit village aussi bien que dans Paris, maudire leurs noms, vociférer leurs crimes, et demander leurs têtes. Et puis, lorsqu'à la fin ils sont arrêtés, la plupart dans le dénuement le plus absolu, suant l'effroi et le courage par tous les pores, ils se trouvent en butte aux humiliations les plus amères, aux plus terribles accusations; heureux de trouver dans une prison ou dans le civisme de la garde nationale, un refuge contre le fanatisme populaire! Ils sont enfin conduits, séparés les uns des autres, entourés chacun de citoyens armés, en présence et comme à la portée de leurs juges, à Vincennes enfin : il est vrai que ce lieu ne fut pas toujours étranger à l'innocence!

Quels furent dont les crimes de M. de Polignac et de ses collègues?

Quelles sont les lois qu'on a pu leur appliquer?

Quels sont leurs accusateurs?

Quels sont leurs juges?

Quelle était la peine qu'on pouvait leur infliger?

Leurs crimes? ce sont, à leurs yeux du moins (et cela suffit), des vertus peut-être!

Il nous faut, avant tout, voir les *Circonstances* au milieu desquelles les ministres se sont crus forcés d'agir. Et nous aussi, nous dirons ce qu'un avocat fameux, devenu le favori du nouveau roi (1), disait jadis pour défendre un accusé de haute trahison (qu'aujourd'hui tous les partis voudraient réhabiliter, dans l'impuissance de le faire revivre) : « On veut nous pla-

(1) M. Dupin, dont la vieille devise: *Libre défense des accusés*, semble aujourd'hui une dérision.

cer sous la foudre, et nous voulons montrer comment l'orage s'est formé! »

De 1814 à 1830, sans la plus petite interruption, l'erreur avait fait ses ravages dans la société. Elle avait ôté, de la plupart des intelligences, la foi au dogme des devoirs; de la plupart des cœurs, le sentiment de la volonté qui les accomplit. L'égoïsme, et par conséquent l'ambition, le mépris et la haine de l'autorité étaient devenus le caractère des hommes les plus honnêtes et des royalistes qui avaient semblé long-temps les plus désintéressés. Plusieurs élections s'étaient opérées sous les influences inévitables de ces passions générales; elles avaient naturellement amené, en présence de l'autorité, des hommes qui en étaient eux-mêmes affectés. Ces hommes, qui en voulaient, en conscience peut-être, à l'autorité, avaient un moyen sûr de la déplacer; ce moyen, ils l'avaient reçu d'elle: c'était la faculté de lui refuser l'impôt dont elle avait essentiellement besoin.

Ils étaient, évidemment, sur le point de l'employer.

D'un autre côté, les chefs du parti, prévoyant le cas où le gouvernement du roi ne mettrait point la chambre à même de refuser l'impôt au nom du peuple, avaient, depuis long-temps, préparé celui-ci au droit et même au devoir de le refuser, s'il arrivait qu'on le lui demandât par ordonnance. L'opposition était, en apparence, faible, limitée: elle paraissait n'avoir pour moteurs que les députés de l'opposition et les journalistes, peu nombreux par eux-mêmes; les électeurs et les partisans des journaux libéraux semblaient des gens plus dociles que séditieux.

C'est dans ces circonstances que les ministres du

roi crurent devoir et pouvoir même, dans la vue de rétablir l'ordre public, faire, d'un seul coup, une ordonnance contre la liberté de la presse et une autre contre les électeurs, de ses ennemis flagrans(1).

Le *droit* était incontestable, dans le système donné (et ce système apparemment existait) d'un pouvoir *quelconque*, même de fait, qui ne veut pas périr.

Cette vérité, après quatre ans de ce dernier pouvoir, est devenue un fait visible, incontesté.

Le *devoir* n'était pas moins manifeste dans le système donné, qui existait aussi, d'une monarchie légitime.

Le *pouvoir*, seul, n'existait nullement.

L'Opposition que le gouvernement avait à vaincre

(1) Nous ne disons rien du crime prévu par les articles 109 et 110 du code pénal, et imputé aux ministres *d'avoir faussé les élections*. Il a été démontré, dans une brochure publiée en 1830, sous le titre *Des Devoirs des 100,000 électeurs, lorsqu'ils ont laissé mettre en question le salut de la patrie*, que les ministres les plus libéraux de Louis XVIII, et M. Decazes en particulier, ont fait, en cette matière, plus mille fois que les ministres accusés. Et d'ailleurs, le *Comité-directeur* ou la *Société aide-toi le ciel t'aidera* procédait, à cet égard, comme le ministère. Si le combat est permis entre les citoyens et le gouvernement, les armes apparemment doivent être égales. Le ministère du 13 mars, aujourd'hui encore dominant, a tellement rompu à cet égard la balance depuis quatre ans, qu'il est certes non recevable à faire aux ex-ministres de Charles X un crime de leurs interventions électorales.

Il y a encore un crime dont il a été question dans le *rapport* de la commission d'accusation, c'est celui des encendies de la Normandie, qui *dévoraient*, dit-il, *sans distinction, la cabane du pauvre et la maison du riche*. Ce crime est horrible. Il semble qu'il ne soit pas donné à la nature humaine d'en commettre un plus grand. Il en serait un pourtant que nous regardons comme tel : ce serait celui d'en soupçonner seulement, aujourd'hui, des hommes qui devaient en être les premières victimes !

pouvait être faible et craintive en apparence ; mais elle était, au fond, toute-puissante ; elle avait ses racines dans la nation tout entière, et elle avait fini par avoir *foi* en la bonté de sa cause. Elle fut, sans doute, d'abord et long-temps, faible et limitée ; mais elle était, depuis plusieurs années, bien autrement générale, bien autrement unie et active que ne fut jamais le gouvernement. Les royalistes, les princes du sang et peut-être le roi, avaient eux-mêmes cessé de croire à leur légitimité ; ils n'avaient pour elle que des sentimens équivoques, une quasi-fidélité et des bras incertains.

L'Armée, et la Garde jusqu'à un certain point, partageaient les indifférences, et peut-être les impatiences, des simples citoyens, au point qu'on se crut obligé, en dernier lieu, de donner une haute paie au dévouement !

Tous les esprits étaient aliénés ;
La révolution morale était finie ;
Restait l'autre à consommer : c'était la plus facile.

Il y avait plus de dix, il y avait quinze années consécutives qu'on nous en menaçait (1). Les journaux les plus initiés et les plus habiles la racontaient dans ses circonstances les plus extraordinaires, une année juste à l'avance (2).

(1) M. Laffitte notamment, dès le 12 février 1817, invoquait pour la France le 1688 *anglais*, en cela en pleine Chambre des Députés. (*Voyez* le *Journal général* de la séance.)

(2) *Voyez* dans le *Globe* l'article étonnant du 19 août 1829, et celui du 3 août 1830, où il s'en pavane. Le même journal disait les paroles suivantes au mois de février 1827 : « C'est surtout dans les palais en France, qu'on rencontre des aveugles. Là, entourés de lumières, ils marchent à tâtons, et leur vie se consume dans les soins qu'ils prennent à tenir leurs yeux constamment fermés au jour ; peut-être ils les ouvriront, MAIS A LA LUEUR DES INCENDIES. »

La *cause* existait, elle n'attendait plus qu'une *occasion*. Elle en eût incessamment, d'un jour à l'autre, trouvé, elle en eût fait mille. Elle en eût trouvé, comme la révolution d'Angleterre, dans le *papisme ;* comme celle d'Amérique, dans le *café ;* comme celle de France, dans le *déficit ;* comme la dernière de la Belgique, dans son *union* à la Hollande. Elle eût trouvé enfin une occasion dans les concessions du souverain, mieux encore que dans tous les autres accidens. Le dernier des Stuarts ne rendit point d'*Ordonnance ;* il déclara même que les catholiques seraient exclus de la chambre des communes, le 1er octobre 1688 ; le 11, il pardonnait à tous les rebelles ; et Guillaume n'en arriva que mieux à la fin du mois.

Le ministère a pris soin, à son insu, de fournir à la révolution une admirable occasion de révolution (1) :

Elle s'en est emparée.

Il s'est livré, et il a livré la monarchie, pieds et mains liés, à ses ennemis, qui ont fini, en se jouant, du ministère et de la monarchie.

Ont-ils pu, en conscience, lui en faire un crime ?

Si les ordonnances de juillet étaient la cause des maux de la France, les maux n'auraient pas dû survivre aux ordonnances. Ils n'auraient pas dû, de la France, voler en Belgique, dans une partie de l'Allemagne, en Italie, dans la Péninsule, en Pologne, et, que sais-je ? partout.

Si les ministres d'août 1829 et de juillet 1830 étaient eux-mêmes de si grands fléaux pour la patrie, pour-

(1) C'est en ce sens qu'il faut entendre les paroles de M. Bastard dans son *Rapport* : « Les actes des ministres contenaient une révolution ; faut-il s'étonner qu'ils l'aient enfantée ? »

quoi tant d'anxiétés, tant de craintes, tant de troubles depuis leur emprisonnement ? Déjà les chefs des oppositions nouvelles, à commencer du 27 août 1830, par M. Mauguin, s'évertuent à dresser des actes d'accusation contre leurs successeurs et leurs ennemis !

Mais, ironie à part, où pouvait se trouver le crime punissable, de main d'homme, dans le fait des ministres ?

Il faut, pour constituer un crime :

1° Un fait déclaré tel par une *loi* formelle, préexistante.

2° La *volonté* formelle d'enfreindre cette loi.

Où est la loi, et surtout la loi formelle, prohibitive, pour les ministres d'un roi de France, de faire, en certaines occasions, une ordonnance restrictive des abus de la presse et des abus des élections ?

Les lois anciennes de la monarchie? elles laissaient au roi et par conséquent à ses ministres, le pouvoir le plus absolu (1)!

Les lois de la révolution? c'étaient les volontés de ses chefs!

Les lois de Bonaparte ? il était seul le grand électeur et le seul journaliste des *Débats* et du *Moniteur* de son empire !

Les lois des ministres les plus libéraux qui ont précédé celui de M. de Polignac ? ils ont tous signé, exécuté ou demandé des ordonnances exclusives de

(1) « Louis XIV fit enregistrer un édit portant interdiction de toute procédure contre les ministres » (*Rapport fait par la Commission sur le projet de loi relatif à la responsabilité des ministres*, du 25 mars 1819.)

la liberté des journaux, ou modératrices du droit électoral; ils ont même sollicité, obtenu et réalisé des lois contraires à la liberté individuelle (1). Ils ont pensé enfin, avec tous les hommes d'état de l'antiquité et des temps modernes, avec Montesquieu lui-même, avec l'usage des peuples les plus libres qui aient jamais existé sur la terre, qu'il y avait des cas où il fallait mettre, pour un moment, un voile sur la liberté, comme on cache les statues des dieux (2).

Les lois des monarchies anciennes ou nouvelles, les plus policées? elles étaient toutes, elles sont même

(1) *Lois* ou *Ordonnances sur la liberté de la presse*, des 21 octobre 1814, 31 mars et 1er avril 1820, 26 juillet 1821, 17 et 25 mars 1822, rendues sous des ministères où figuraient MM. de Talleyrand, Louis, *Pasquier*, *Decazes*, de Serre, Lainé, Siméon, etc.

Ordonnances électorales, du 6 mai 1814; art. 75 et 76 de l'ancienne Charte; Ordonnances des 13 et 21 juillet 1815; Ordonnance de 5 septembre 1816. Ces mesures étaient contre-signées Montesquiou, *Pasquier*, Decazes, Lainé, etc.

Lois des Suspects et *des Cours prévôtales*, contre-signées Barbé-Marbois, élaborées dans le conseil où figuraient MM. *Decazes*, Lainé, et défendues à la tribune par MM. Royer-Collard, Siméon, Camille Jordan, Duvergier de Hauranne, etc.

Mais ce qu'il faut connaître surtout, ce sont les larges professions de foi de tout ce qu'il y a de célèbre dans le parti libéral, sur la légitimité des moyens extraordinaires de sauver l'état, soit en vertu de l'ancien art. 14 de la Charte, soit en vertu de la nature qui apparemment n'est pas moins respectable que la Charte. (Voyez entre autres les opinions de M. Decazes dans les journaux des 6 février 1817 et 12 juillet 1828; de MM. Portalis et Siméon sur la loi de la presse de 1829; de M. de Châteaubriand, dans ses *Principes politiques*; de M. Fiévée, dans son *Histoire de la Session de* 1815; du *Journal des Débats*, dans ses numéros des 15 juillet 1815 et 14 juin 1819, etc.; de M. Étienne, à la séance du 4 mai 1829; de M. Guizot, *Du Gouvernement représentatif*; de M. de Pradt, dans le *Courrier* du 23 février 1829; de M. Benjamin Constant, dans ses apologies du 18 fructidor, etc., etc.

(2) *Esprit des Lois*, liv. 12, chap. 29.

encore exclusives de la liberté de la presse et de celle des élections.

Les lois de la nature? nous défions de citer un criminaliste naturel qui ose dire, et qui puisse surtout prouver, sans ridicule, qu'il y avait, avant 1830, quelque chose d'*inné* dans le droit d'écrire sans frein et sans mesure contre toutes les choses et tout le monde, et dans le droit absolu de donner des rivaux, des tuteurs et quelquefois des juges aux rois!

La charte de 1814 enfin? mais loin d'interdire formellement au roi de faire, dans l'impuissance des lois, des ordonnances, elle lui donnait formellement le droit de faire « des ordonnances pour la sûreté de l'état. »

Dira-t-on que cela ne pouvait s'entendre d'ordonnances restrictives de la liberté de la presse et du droit électoral? On dirait la plus étonnante des absurdités, car la licence de la presse et celle des élections étaient les plus grandes et même les seules choses qui pouvaient emporter le salut de l'état avec elles!

Il y a évidence dans le sens de l'art. 14; il y a doute, du moins.

La cour royale de Paris, qu'on n'accusera point d'avoir été disposée à favoriser le pouvoir absolu du roi, avait été partagée sur la question: une de ses chambres avait déclaré le droit d'ordonnance, une autre l'avait nié.

Le doute même était si grand, que l'assemblée constituante des 221 ou plutôt des 7 a cru devoir le lever, en rayant net de la charte le terrible article 14.

Mais, qui avait qualité pour lever le doute, sinon celui qui avait eu la pensée de l'article douteux, qui l'avait redigé, qui avait eu le plus d'occasions de l'appliquer? *Ejus est interpretari*, dit le droit des Romains, *cujus est condere.*

Et depuis quand suffit-il d'un article équivoque de loi, pour fonder un crime, pour créer une peine, pour mettre en péril les fortunes et les têtes les plus nobles et les plus sacrées de la nation?

Les lois des adversaires mêmes des condamnés de Ham depuis leur victoire? et quels coups d'état plus réels, plus évidens que leurs actions! quelles plus terribles *ordonnances* que celles qui, au lieu de gêner des écrivains ou des électeurs, destituèrent des Français par milliers, souvent sans distinction d'opinions religieuses et politiques, nous ne dirons pas de leurs titres et de leurs honneurs, mais de leurs emplois les plus anciennement occupés, de leurs droits les plus légitimement acquis et les mieux mérités? D'ailleurs, au nom près, quelles ordonnances, que ces poursuites incessantes contre tous les journaux, ces condamnations sans fin prononcées contre tous, les 113 contre un seul, depuis que le règne des lois ou de la liberté semble avoir succédé au règne du bon plaisir?

Il n'y avait point de loi, il n'y a jamais eu de loi qui déclarât criminelles les ordonnances du 25 juillet.

Il y en avait moins encore qui déclarât tel l'ordre donné, le surlendemain, d'abord à la gendarmerie, et plus tard, en raison de la gravité de la résistance, à la garde royale et à la troupe de ligne, de réprimer la force par la force (1). On ne niera point la légalité, la constitu-

(1) Le projet de mettre la ville de Paris en état de siége, étant une

tionnalité de cet ordre-là ; il est écrit dans toutes les lois de police et de sûreté ; il résulte, en toutes lettres, de l'art. 14 lui-même; il est d'ailleurs prouvé par l'usage de tous les genres de gouvernemens, de tous les règnes, et de toutes les nations.

Et le gouvernement du 7 août, et le ministère du 13 mars, ont élevé cet usage sinon jusqu'à l'abus, néanmoins jusqu'à ses dernières extrémités.

Les ordres donnés par le ministère de la guerre, alors glorieux, de Charles X, furent terribles sans doute; mais sont-ils donc plus terribles que ceux (car ce furent aussi des ordres, ou du moins des volontés) qui furent donnés, auparavant, à des hommes décidés, de résister, sauf à en être victimes plus tard, aux ordonnances que les premiers ordres avaient pour objet de faire exécuter?

L'ordre donné, au nom du roi de France, contre-signé par le ministère de la guerre, fondé sur un titre que neuf siècles de permanence ont bien un peu coloré, serait-il moins privilégié que celui donné en je ne sais quel nom, par je ne sais qui, à je ne sais quels ?

Le *Code pénal*, qui punit *l'attentat ou le complot dont le but est, soit d'exciter à la guerre civile, en armant ou en portant les citoyens à s'armer les uns contre les autres, soit de porter la dévastation (art. 91) ; qui punit le concert de mesures, contraires aux*

conséquence légale de cet ordre-là, ne saurait être d'une autre nature. S'il y avait d'ailleurs un homme qui pût être responsable de ces *droits de guerre,* indépendamment du roi, ce serait le Commandant même de la place, sur lequel se réunissaient dès lors tous les pouvoirs, et qui se trouvait une sorte de Dictateur. Ainsi qu'on l'a très bien dit dans l'instruction, *il y avait*, si l'on veut, *des ministres*, mais *plus de ministère.* — En 1833, nous avons eu un *État de Siége* bien autrement ingrat que celui de 1830!

lois, pratiquées par la réunion d'individus ou de corps dépositaires de l'autorité publique, etc., ayant *pour objet un complot attentatoire à la sûreté de l'interieur de l'état, etc.* (art. 123 et 125? (1) Telles sont, en effet, les lois uniques sur lesquelles se sont fondés les accusateurs des ministres.

Si les ordonnances du roi, ayant pour but manifeste d'arrêter les envahissemens qu'il croyait manifestes, constituaient des *complots*, les faits de particuliers qui avaient évidemment pour but de renverser le gouvernement, constitueraient des actes de vertu!

Il n'y a pas de milieu.

Le *Code Pénal*, rédigé par un pouvoir, pour subsister et remplir ses devoirs d'ordre public, appliqué contre lui à la requête et au profit de ses adversaires (2)!

(1) L'argument, cette fois, n'est pas populaire, mais bien scientifique. Il ne fallait rien moins que les subtilités du Palais, pour aller découvrir un *complot* proprement dit dans les ordonnances de Juillet. C'est le cas de retourner le mot biblique dont M. Guizot a fait l'épigraphe de son traité *Des Conspirations et de la Justice politique* : « Ne dites point *conjuration*, toutes les fois que ce peuple dit conjuration. » (Isaïe, ch. 8, v. 12.)

(2) Cet argument, appliqué à la *Charte*, est encore plus énergique que lorsqu'il est appliqué au *Code pénal*; car la première loi est le propre des Bourbons : ils l'ont *faite*, tandis qu'ils n'ont qu'*adopté* l'autre. Lorsque l'article 56 de la Charte a permis d'*accuser les ministres pour fait de trahison et de concussion*, qui oserait prétendre que cet article entendait la sorte de trahison dont on accusa, et dont on est censé accuser encore M. de Polignac et ses collègues?

On peut, il faut même dire que la Charte a bien eu l'intention de punir des ministres, mais qu'elle n'a point réalisé cette intention. Les fautes ministérielles, pour être passibles d'une peine, et surtout d'une peine *perpétuelle*, devaient être *spécifiées par des lois particulières*, qui n'existaient point le 25 juillet. Donc elles ne sont pas punissables légalement, c'est-à-dire, *de main d'homme*; car c'est un principe universellement reconnu, qu'un citoyen, grand ou petit, ne saurait

Les ministres de Charles X, pleins de force et même de gloires militaires, pleins surtout de sa légitimité, ou si l'on veut de foi, même fanatique, à sa légitimité, formant un *complot !*

Et un complot dont le *but était d'armer les citoyens les uns contre les autres* !

Pour avoir le plaisir d'intervenir ?

Le plaisir du moins de regarder?

Le plaisir d'échouer au milieu ?

O nature, ô vraisemblance, ô démonstration!!!

Les ministres, auteurs *d'un complot dont le but était d'exciter à la guerre civile* ! eux, qui n'avaient évidemment que l'intérêt de la prévenir, dont le ministère, la fortune, la gloire et la vie dépendaient, évidemment, de la paix entre les citoyens!

Les ministres, nous l'avouons, n'ont pas su prévenir la guerre intestine qu'il leur importait tant d'éviter. Mais depuis quand est-on responsable, envers les hommes du moins, du fléau contre lequel on a lutté vainement ?

Depuis quand, surtout, doit-on en répondre à ceux-là même, peut-être, qui, à tort ou à raison, sciemment ou à leur insu, ne firent point et eussent frémi de faire cause commune avec les hommes qui voulaient sauver la patrie et arrêter ce fléau ?

être soumis à une loi pénale qu'il ne connaissait point, qui n'existait même pas au moment de son action.

Lorsqu'en 1819, il s'est agi de faire une loi relative à la responsabilité ministérielle, la Chambre des Députés, qui, à cette époque pourtant, était loin d'être favorable au pouvoir absolu, *distingua* formellement, et ne punissait que de la *dégradation civique* (sic) *les atteintes au pouvoir constitutionnel du Corps législatif*. (Voyez les art. 3 et 29 combinés du projet de la Commission, dont entre autres étaient membres MM. Bedoch, Lainé, Roy, Dupont-de-l'Eure.)

Condamner des ministres qui n'avaient pas eu le bonheur de prévenir la guerre civile dont ils devaient être les premières victimes, ce serait punir le malheureux qui, surpris dans la campagne par les éclats du tonnerre, dans l'ignorance de ses vraies causes, au lieu de s'arrêter, fuit, et faillit trouver la mort, précisément en courant pour l'éviter.

Ceci nous ramène de la question du crime à la question intentionnelle : c'est ici que la cause des infortunés de Ham se trouve éblouissante de bonté....

Lorsqu'on croit faire le mal, on ne le fait point avec audace, à la clarté du jour. La preuve qu'ils ne voulaient pas le mal, mais qu'ils voulaient au contraire le bien, ou ce qu'ils croyaient le bien de la patrie, en signant les ordonnances :

C'est qu'ils les ont signées;

C'est qu'ils les ont promulguées;

C'est qu'ils en ont multiplié, à l'infini, les exemplaires;

C'est qu'ils eussent voulu forcer les feuilles libérales de les reproduire;

C'est qu'aujourd'hui encore, en gémissant de leurs moyens, ils ne rougissent point de leur but (1).

La preuve que les ministres étaient à mille lieues de vouloir faire couler le sang de ceux-là même qui s'opposèrent à l'exécution des ordonnances :

(1) « L'histoire dira comment moins d'une année a suffi à l'administration que présidait M. de Polignac, pour renverser un trône que, dans ses décevantes *illusions*, *il se croyait appelé à soutenir et à consolider*. » (*Rapport* de M. Bastard.)

C'est qu'ils n'avaient fait aucun préparatif de forces;

C'est que la plus belle partie de l'armée (1) et le ministre de la guerre à sa tête, étaient en ce moment même à Alger;

C'est que l'autre moitié se trouvait, languissait éparse dans les départemens éloignés;

C'est que la plus grande partie de la garde royale elle-même n'était pas sur les lieux;

C'est qu'il n'y avait ni artillerie, ni munitions, ni vivres de préparés;

C'est qu'on fut obligé de suppléer au nombre, et peut-être à la fidélité, par des encouragemens pécuniaires;

C'est que les ministres s'étaient enfin contentés des ordonnances pour exécuter les ordonnances!!!

C'était, pour ainsi-dire, au *nom* de leurs *noms*, au *nom* de leurs *considérans*, au nom de la *raison*, au nom de *l'ordre* (comme on commandait quelques jours après aux habitans de Paris), que les ministres invitaient quelques journalistes à demeurer en repos, quelques électeurs à cesser d'être le jouet de quelques Orléanistes de bonne foi!

Si, depuis, la force armée est intervenue, c'est la force irrésistible des circonstances qui, seule, en fut la cause, et dont nul ne saurait être responsable.

Et encore, qui ne sait que l'ordre exprès fut donné à la garde de se montrer seulement et de tirer en l'air d'abord, alors même que les patriotes, ou plutôt les étrangers se seraient permis de tirer sur elle? Une fois enfin que le premier coup a été contre-tiré, on sait ce

(1) « Les meilleures troupes, » dit le Rapport de la Commission d'accusation.

qui dut arriver, ce qui ne manque jamais d'arriver en pareilles occurrences : l'aveuglement, la fureur, et si l'on veut, l'héroïsme de part et d'autre. Si quelques uns furent coupables, tous le furent; si quelques uns héros, tous (1).

Mais la scène alors ne se passe plus qu'entre les combattans : les *rois*, les *ministres*, les *généraux* mêmes sont tout-à-fait hors de cause (2).

Ils sont impuissans.

Ils sont (et sont seuls dans ce cas-là) d'autant plus hors d'état d'arrêter le désordre, qu'ils savent assez qu'ils en furent l'occasion, et qu'on voudra, quelque soit son issue, les en rendre causes et responsables.

Leur puissance consite à gémir, à s'accuser réciproquement, à se désespérer. Depuis quand, dans le pays le plus civilisé, le plus compatissant de la terre, serait-ce un crime que le malheur?

Depuis quand, du moins, serait-ce un crime que la *fatalité* (3)?

(1) « Des citoyens attaquaient avec un courage héroïque des soldats que la *fidélité à leur drapeau* retenait seule sous le commandement, aussi affligés de donner la mort que malheureux de la recevoir en combattant pour une cause qu'ils désavouaient. Les *vainqueurs* et les vaincus maudissaient à la fois les funestes conseils qui ensanglantaient la patrie. » (*Rapport* de M. Bastard.) « Le peuple fut héroïque, l'armée fut *fidèle*. » (*M.* Thiers, *Monarchie de* 1830.) — Il n'y a pas là un mot qui ne s'applique aux Ministres, aussi bien qu'à la Garde royale.

(2) « MM. Casimir Périer, Laffitte, Mauguin, Gérard, Lobau, m'ont dit qu'ils venaient me demander de faire cesser le feu. Je leur ai répondu que je leur faisais la même prière. » (*Lettre de M. le duc de Raguse au Roi*, mercredi, à trois heures et demie.)

C'est le seul mot qu'il y ait de concluant dans la volumineuse instruction qu'on a publiée pour le procès de 1830.

(3) « Les cinq députés de Paris nous ont dit qu'ils avaient trouvé le Maréchal pénétré comme eux du désir de mettre fin à une situation

Le résultat de la guerre civile fut déplorable ; mais l'histoire, que nous devons prévoir et redouter, osera-t-elle jamais l'attribuer plus aux ministres fidèles et dévoués du roi, qu'à cette partie de la population parisienne, qui s'était dévouée aussi à des maîtres non moins absolus, et qui aujourd'hui le sont encore davantage.

Le sang qui coula ?... Et qui oserait, en conscience, nier qu'il ne fit pas plus gémir les ministres du roi que le reste des Français ? Les premiers prévoyaient assez qu'il retomberait sur eux et peut-être sur leurs enfans !

Les faits furent terribles : mais il ne serait pas possible de les trouver criminels dans les ministres, s'ils furent innocens dans les citoyens.

Si, du moins, des juges impartiaux et suprêmes trouvaient la partie égale, et s'écriaient, comme fit Charles X lui-même, lorsqu'il était *lieutenant-général* aussi : « Tout le monde a été coupable, et personne ne l'a été » ! Mais non, Dieu n'a pas voulu que des actions contraires fussent égales. Il a mis, entre le bien et le mal, une ligne de démarcation qu'aucune puissance humaine ne saura jamais anéantir. Leurs conditions doivent être contraires. Lorsque la vertu est devenue crime, il faut, de nécessité, que le crime soit déclaré vertu. Il faut que celle-ci soit interrogée, qu'elle soit traînée de la prison au tribunal, et du tribunal à l'échafaud ; il faut que son juge, et même son

aussi déplorable, mais accablé sous le poids de la *fatalité*, qui, disait-il lui-même, ne cessait de le poursuivre. » (*Rapport* de M. Bastard.) — Les Ministres étaient certainement dans le même cas que le maréchal.

bourreau, soit sa partie adverse... Mais nous retraçons les hommes de 1793, et nous oublions que nous parlions à des juges en 1830, et à un roi en 1835.

Nous avons démontré que les ministres n'eurent jamais *l'intention* de violer une loi fondamentale ; qu'ils eurent encore moins l'intention de faire couler le sang des citoyens, même à leurs yeux, les plus coupables. Ils peuvent dire, comme jadis un des hommes les plus célèbres de la révolution, accusé aussi de conspiration : « Je demande un jugement régulier et constitutionnel. Mon seul crime, je le répète, on ne m'en trouvera point d'autre, est d'avoir voulu empêcher que le peuple français eût des tyrans » (1).

Ce n'est point assez.

On peut démontrer même qu'à la preuve de leur innocence se joint celle de leur vertu, et jusqu'à celle de leur courage.

C'est un fait que le ministère étant une chose toute royale, qui dépend d'un roi que nul n'approche, ne peut guère, quoi qu'on en dise, être sollicité, et qu'il vient le plus souvent *trouver* les gens *dans leur lit*, comme la *la fortune*.

Et, d'un autre côté, ce sont des faits, avérés dans l'acte même d'accusation des ministres, que la plupart d'entre eux, loin d'avoir envié ou recherché le ministère, le refusèrent long-temps, et ne l'acceptèrent que sur les ordres formels et itératifs (2) du roi de France;

(1) *Réponse de Carnot, membre du Directoire, au Rapport fait sur la Conjuration au Conseil des Cinq-Cents, par J.-Ch. Bailleul, au nom d'une Commission spéciale.* In-12. Paris, 8 floréal an VI.

(2) « *Il fallut faire violence à l'un d'eux.* » (*Rapport* de la Com-

c'est-à-dire de celui que l'honneur, d'accord en cela avec la conscience et même avec l'usage, oblige de servir, au risque d'un faux honneur, au risque même de la vie. « Il n'y a rien dans le monde, dit Montesquieu, que les lois, la religion, l'honneur, prescrivent tant que l'obéissance aux volontés du prince (1). »

C'est un fait que plusieurs des ministres combattirent, de toutes leurs forces, les mesures dans le conseil, et qu'ils voulaient encore refuser leur approbation à la signature (2).

Il est évident que, s'il y eut, dans la vie de Charles X, un fait qu'il ait personnellement voulu, c'est celui des *Ordonnances*, et que si la plupart des ministres y concoururent plus ou moins, ce fut par confiance dans le roi, par déférence, par obéissance, même aux ordres formels du roi (3). C'est un fait aussi que l'un des

mission d'accusation.) « Je me resigne au rôle de victime, écrivait-il lui-même à son frère, dès le 18 mai. » Une Constitution (de l'origine et du genre de la nôtre pourtant), celle de Darmstadt, art. 199, excepte formellement de la responsabilité l'action du Ministre, *en vertu d'ordre supérieur*. — Quoi! de la justice, de l'humanité, chez les Allemands, et en France de la barbarie!

(1) *Esprit des Lois*. C'est la réponse à l'opinion du *Rapport* de M. Bastard, qui appelle *fatal*, *le point d'honneur* auquel obéit M. le duc de Raguse.

(2) Tous les précédens de M. de Polignac sont exclusifs de l'intention de violer les libertés françaises. « Ses discours à la Chambre des Pairs sont les preuves que les plus généreux défenseurs du trône et des Bourbons sont en même temps les avocats les plus éloquens des doctrines constitutionnelles : son langage est celui de l'honneur et de la sagesse. » (*Journal des Débats*, 5 juillet 1819.)

(3) Les Ordonnances, surtout celles relatives à la presse, qui nous semblaient si rigoureuses dans leurs dispositions, l'eussent probable-

ministres des *ordonnances* dit à Charles X, qui lui demandait sa signature : « Sire, c'est ma tête que vous me demandez, la voilà !... » Les crimes de l'obéissance, si crime il y a en elle, avouons-le, ne sont pas aussi dangereux que ceux de la liberté!

L'obéissance, nous le savons, fut ici *suivie,* elle fut si l'on veut, l'*occasion* de résultats funestes; mais elle n'en fut pas le moins du monde la *cause* (1).

Et depuis quand d'ailleurs serions-nous responsables, en justice, des conséquences de nos actions, lorsque nous ne les avons ni prévues, ni surtout voulues? La preuve philosophique que nous ne devons pas

ment été fort peu dans leur application. Tout le monde sait que le ministre de l'intérieur avait déjà donné à plusieurs feuilles très libérales l'autorisation de paraître, et qu'il avait ajourné celle d'un journal royaliste célèbre, *le Drapeau Blanc*, etc.

(1) « La réticence, plutôt que les aveux des accusés, vient à l'appui de l'opinion, assez généralement établie, qu'*une violence morale*, de nature à faire à une *forte impression sur des hommes qu'égarait un faux sentiment d'honneur*, triompha des dernières oppositions. » (*Rapport* de M. de Bastard à la Chambre des Pairs.) Les anciens ministres peuvent dire, avec autant de raison que l'ancien commandant de Paris : « Combien ne suis-je pas plus à plaindre, moi qui, *en ma qualité de militaire*, serai peut-être obligé de me faire tuer pour des actes que j'abhorre, et pour des personnes qui, depuis long-temps, semblent s'étudier à m'abreuver de dégoûts! » Partout on voit la volonté formelle, et même exclusive du Roi, jamais celle de ses ministres. « Il est permis de croire, dit encore M. de Bastard dans son innocent *Rapport*, qu'en signant l'état de siége de Paris, le maréchal n'obéit qu'*à une influence supérieure.* » Et cette influence, quelle était-elle, si non la volonté de celui qui, seul, *et loin de M. de Polignac, disait*, et même *répéta à deux fois* ces terribles et personnelles paroles à l'aide-de-camp du duc de Raguse : « Dites au maréchal de SE TENIR BIEN, *de réunir ses forces sur le Carrousel et la place Louis XV*, ET D'AGIR AVEC DES MASSES » !!!

en répondre, c'est que nous sommes dans l'impossibilité d'en répondre. Qu'est-ce qu'un homme pour être garant de la perte de milliers d'hommes, de la destinée peut-être de plusieurs nations? Nous n'en sommes pas même cautions en conscience; sans quoi, où en serions-nous, grand Dieu! dans le système d'un monde où tout se lie, où tous les effets, les plus éloignés et les plus immenses, ont habituellement pour causes les plus petits événemens?

Mais c'est trop.

Si ce n'est point le devoir, ce ne sera point le crime qu'il faut trouver dans le fait des ordonnances, dans celui de l'emploi de la force pour la justice :

C'est la fatalité ;

C'est, tout au plus, la faute.

Et quelles seraient ses excuses, quels seraient ses châtimens spontanés et naturels !

Il n'y a point de crime :

Nous en avons donné des preuves accablantes pour ceux qui auraient le courage de les méconnaître.

Il en est une dernière; elle est aussi la plus éclatante, la plus simple et la plus étonnante de toutes :

C'est qu'il n'y avait point de juges !!!

Dieu n'a pas voulu que là où il n'y a point de crime il puisse y avoir un juge, un accusateur, c'est-à-dire un juge encore (car qu'est-ce qu'un accusateur, sinon un individu qui affirme à la fois, comme le juge, le fait, sa criminalité, son auteur, sa peine?).

Non, IL N'Y AVAIT POINT D'ACCUSATEURS ET DE JUGES DES MINISTRES DU ROI DE FRANCE, de ces juges qui (1) « assurent aux accusés,

(1) *Rapport* de M. Bastard.

pour les grandes causes qui n'apparaissent que de siècle en siècle, et auxquelles semblent liées les destinées des nations, toutes les garanties de lumières, de puissance, de force, de courage, dont la justice alors sent plus vivement le besoin;... de ces juges qui puissent composer le tribunal suprême de la France, qui soient capables de *comprendre*, de juger les grands procès, et de rassurer à la fois le pays et les accusés; qui aient le pouvoir de n'écouter que les règles éternelles de l'équité et de la raison, de résister aux exigences de l'autorité et à l'entraînement des partis (1). »

Il faut dans nos mœurs, pour être juge criminel, nous ne dirons pas équitable, mais seulement plausible, et même possible, d'une action : 1° Avoir *une intelligence* qui voie clairement un fait mauvais en soi; 2° Avoir *une ame* qui s'en trouve profondément blessée; 3° Avoir *une loi*, non abrogée et antérieure au fait in-

(1) Tout ce que nous allons dire des Chambres de 1830, comme juges des Ministres, se fût appliqué, avec plus de force, encore à des jurés ordinaires ou extraordinaires, et surtout à des Chambres nouvellement élues, *ad hoc* ou non. Grâce à l'omnipotence des Chambres actuelles (*), grâce à l'action permanente de la presse périodique, la majorité de la France, prise numériquement, est solidaire dans ses *préjugés* contre l'ancien gouvernement. Elle aura beau dire et beau faire, elle ne pourra jamais être son juge (**), sans être aussi sa partie adverse. Les deux dernières Chartes étaient d'ailleurs tout-à-fait exclusives d'une autre compétence *légale* que celle de la Chambre des Pairs, et *les Chartes sont désormais des vérités*.

(*) « Comme le corps législatif sera toujours la première et la plus puissante des autorités, il aurait pour lui l'opinion publique; ou, si elle lui paraissait contraire, il la corromprait par les grands mots, qui, prononcés par des orateurs véhémens, produiraient un effet magique sur la multitude: *la nécessité des circonstances*, *le salut du peuple*, *les trahisons*, etc. » (M. Thibaudeau, *Mémoires*.)

(**) Et même *témoin* à sa charge. Cette observation s'applique plus particulièrement à M. de Semonville. Un homme (un pair est un homme apparemment) pouvait être patriote assurément; mais il devait être compatissant, avant tout.

criminé, qui le déclare, et formellement, prohibé; qui le qualifie *crime*, et surtout *crime capital*, prohibé sous telle ou telle *peine*, également formelle elle-même.

Il faut, pour être juge, avoir une commission régulière; l'avoir reçue d'un pouvoir régulier à son tour.

Il faut n'avoir point de raisons, particulières ou politiques, d'en vouloir à l'accusé;

Il faut surtout ne l'avoir point *préjugé*, ne l'avoir pas jugé d'avance, ne l'avoir pas condamné déjà;

Il faut, constitutionnellement parlant, être les *pairs*, c'est-à-dire les égaux *de l'accusé*?

Il faudrait n'avoir, juges, ce que voulait n'avoir pas un sage roi de France, *à venger les injures du duc d'Orléans*!

Il faut surtout ne pas avoir à craindre l'accusé, s'il était innocent, s'il était absout, s'il redevenait de nouveau notre juge et notre maître à son tour!

Il ne faut pas soi-même avoir (politiquement parlant) à redouter d'avoir été criminel!

Or, nulle de toutes ces conditions, *sine quâ non*, du juge ne se trouve dans la cause des ministres:

Aucun homme au monde ne saurait trouver en lui la condition de l'*intelligence qui voie clairement un fait criminel,* et surtout capital, dans les *Ordonnances* et dans les ordres de juillet (1).

Aucun homme au monde ne saurait, aujourd'hui surtout, trouver en lui la condition de l'*âme qui en éprouve un sentiment d'horreur*.

(1) « Dans les questions de cette nature, le crime et l'innocence sont si rarement d'une évidence complète. » (BENJAMIN CONSTANT, *De la Responsabilité des Ministres*, page 71.)

Aucun jurisconsulte ne saurait découvrir, dans tous les *Bulletins des lois* de l'univers, une loi déclarative des *crimes* que renferment ces *Ordonnances.*

On pourrait concevoir, quoiqu'assez difficilement, une Commission légitime pour juger les ministres du roi : ce serait celle qui serait établie par une autorité, et qui serait composée d'une réunion d'hommes, où l'on ne trouverait ni la faveur de leurs amis, ni la haine de leurs adversaires.

Mais ce qu'on ne saurait concevoir sans effroi :

C'est de n'avoir jamais été ministériels;

C'est d'avoir fait, sans cesse, de l'opposition à tous les ministres;

C'est d'avoir fait déjà, après quinze jours seulement d'existence, une opposition violente et systématique à ses amis les plus intimes, aux ministres qui luttèrent sans cesse contre les ministres accusés, aux ministres qu'on a soi-même demandés, qu'on a choisis, pour provoquer leur accusation;

C'est d'avoir, sans cesse, fait des déclarations de mépris et des actes de haine contre les ministres accusés, plus particulièrement;

C'est d'avoir déclaré *déplorables* ceux de leurs prédécesseurs dont ils adoptaient ou développaient les principes, et d'avoir, à je ne sais combien de reprises, tenté de faire leur procès;

C'est de les avoir eux-mêmes hautement signalés comme *incompatibles*, et de les avoir, long-temps avant le mois de juillet, signalés comme les plus grands ennemis que pouvait avoir la France;

Et d'avoir voulu néanmoins les accuser, les entendre, les juger avec impartialité, les condamner, et de vouloir, encore à présent, les laisser passer dans les fers leur vie douloureuse, avec justice, et peut-être encore avec bénignité! Nous les avons *épargnés*, dit M. Thiers, dans sa *Révolution de* 1830.

Mais ce qu'on ne saurait jamais concevoir surtout pour des juges ou des accusateurs :

C'est d'avoir été personnellement l'objet des paroles, des mesures les plus hardies de la part des ministres ;

C'est de s'être entendu déclarer *indignes* et traiter comme tels par eux, lorsqu'ils furent à deux reprises dissous comme membres de la chambre des députés ;

Et d'avoir persisté toutefois à se constituer leurs juges, en se constituant leurs accusateurs !

Car il faut bien se garder d'oublier qu'ils furent au fond seuls juges ici, les députés, sans lesquels les pairs de France n'avaient pas le droit de requérir l'accusation.

Le tribunal appelé à juger, à condamner même à mort, s'il lui eût plu, les ministres de Charles X, ne renfermait qu'un petit nombre d'hommes susceptibles d'impartialité à leur égard, de véritables *pairs des accusés*, dans un pays et dans un système de gouvernement où les plus véritables et les plus odieux criminels ont le privilége d'être *jugés par leurs pairs*.

Et le premier soin des accusateurs des ministres a été d'interdire ces *pairs* par ordonnance (1) !

Il est enfin une dernière condition rigoureuse d'un

(1) « On a vu les Chambres éprouver subitement des mouvemens de juges au moment de l'examen de certains procès. » (BÉRENGER, l'un des promoteurs du jugement des Ministres, *De la Justice criminelle*.)

juge quelconque, et surtout d'un juge politique, c'est l'absence de la crainte de la puissance, ou seulement de la liberté éventuelle de ses justiciables.

Cette condition ne pouvait exister dans ceux qui se prétendaient accusateurs ou juges des ministres. Ils sentaient, à tort ou à raison, peu importe (1), qu'il pouvait y aller, pour leurs adversaires et pour eux surtout, du ministère ou de l'échafaud.

Ils sentaient, en tout cas, qu'il pouvait y aller de l'honneur (2).

Le moyen avec cela d'être un juge froid!

Le moyen de n'être pas un juge de feu!

Les accusateurs des ministres, et par conséquent leurs juges (ceux-ci s'étaient prononcés déjà en autorisant leur arrestation... *sur la clameur*... et la *clameur publique!*) avaient à redouter, s'ils les acquittaient, une puissance bien autrement grande, bien autrement active et exigeante que celle des royalistes, peu nombreux, désunis et délaissés : c'est la puissance populaire, qui seule les avait soutenus, les avait faits dépu-

(1) Dans notre opinion, et selon nos principes, ce serait plus qu'un crime nouveau, ce serait une faute.

(2) Ils ne firent pas même difficulté de le dire, avec une sorte de naïveté. Lorsque, dans la séance du 20 août, *quatre-vingt-treize* Députés (libéraux pourtant), ne voulant point être à la fois juges et parties, refusaient à la *Commission* le pouvoir des juges d'instruction et des chambres du Conseil, M. Mauguin leur dit : « Songez à votre position ; vous devez paraître accusateurs à la Chambre des Pairs ; là, vous attend la défense ; là, tous vos actes seront attaqués ; une lutte opiniâtre s'engagera, et, si vous succombez dans cette lutte, le *déshonneur* passera de la tête des Ministres dans la vôtre. » Et alors le pouvoir judiciaire fut accordé à la *Commission*, à une grande majorité.

tés ou pairs, les avait faits rois, puisqu'avant de les faire juges des ministres, elle les avait faits juges des rois! Ces rois, ces hommes qu'elle avait faits, elle peut (nous ne disons pas, elle doit) les défaire à son gré : ils étaient comme un verre dans sa main.

Or, c'est cette puissance qui avait fait tomber les ministres et les rois, qui avait versé, au prix de son sang, celui de leur armée; c'est cette puissance qui avait constitué les chambres juges des ministres; c'était elle qui les accusait; c'est elle qui demandait leur condamnation! car elle se fût condamnée elle-même si elle n'eût pas fait flétrir ses adversaires. Les chambres qui eussent refusé à la puissance populaire leur éloquence, leur habileté, leurs rigueurs, n'eussent point été seulement ingrates, elles eussent encore été imprudentes... Il est, il faut l'avouer, des positions bien terribles! ce n'est pas celle des hommes qui n'ont après tout que la mort à craindre; c'est celle des hommes qui ne sauraient fuir la mort ou l'ingratitude qu'en évitant la justice! Tous les juges iniques n'ont pas du moins la consolation de ne se trouver que des serviteurs dociles (1)!

Nous ne voyions pas de juges possibles des ministres, quelle pouvait être leur peine (2)?

(1) « La condamnation de Strafford est une tache pour tous les partis; c'est la passion qui entraînait la Chambre des Communes; *celle des Lords était dominée par la peur;* et le roi obéit à un motif qui, quel qu'il pût être, ne fut pas des plus honorables à tous égards. L'admission de la populace au Parlement pour en violenter la délibération, fut un signe certain que le règne des lois allait expirer. » (*Essai sur la Constitution anglaise*, par John Russell, ch. III, 1820.) Ce publiciste était, et il est encore, un des membres les plus populaires de l'opposition.

(2) « Je montrerai qu'il s'agit bien plus d'enlever le pouvoir aux

Comme il a fallu créer des crimes, des accusateurs, des juges, par des lois nouvelles, il a fallu aussi, par des lois nouvelles, créer le châtiment. Le plus dur eût été, pour d'autres que des royalistes, la liberté ou la grâce qu'ils eussent reçue de leurs adversaires! —Vous n'avez point osé parler de la confiscation indirecte : la nouvelle charte comme l'ancienne l'abolit à jamais, en abolissant la confiscation directe. —Vous pensâtes encore moins à la mort: vous en aviez horreur, vous l'aviez attaquée, au temps de vos terreurs paniques, et vous veniez d'en solliciter et d'en promettre l'abolition depuis votre victoire! Les vrais royalistes, au reste, ne la redoutaient nullement : ils savaient qu'elle fut, plus d'une fois, le prix et la preuve des plus grands dévouemens, et qu'elle les envoyait, d'ailleurs, de leurs juges humains à leur juge infaillible.

Mais, avez-vous dit et dites-vous encore aujourd'hui, dans le système des révolutions où vous êtes placés, il faut donner, il faut continuer un exemple: « La France n'a pas soif de vengeance, mais elle a besoin de justice? »

L'exemple? Il est assez donné, sans doute!

N'est-ce donc rien, pour des *Ministres*, que d'être aujourd'hui favorisés des rois, et de se trouver demain heureux d'échapper à la fureur populaire?

N'est-ce donc rien, pour des *hommes* comme nous,

Ministres prévaricateurs, que de les punir. » (Benjamin Constant, *De la Responsabilité des Ministres*, p. 37.) « Les Ministres doivent être souvent dénoncés, accusés quelquefois, rarement condamnés, punis presque jamais. » (Le même, p. 70.)

élevés, comme nous ou mieux que nous, dans toutes les délicatesses de la vie, amis, frères, fils, époux, pères, aïeuls,... que d'avoir passé six longs mois avant leur jugement dans une étrange prison, souffrant à la fois pour eux, pour leurs familles, souffrant tout seuls, quelques uns n'ayant pas toujours l'espérance de voir les premiers sourires d'enfans conçus dans leur élévation, et nés dans leurs infortunes ?

N'est-ce donc rien, pour des ministres de l'antique légitimité, que de ne devoir, durant le jugement, leur salut qu'à l'héroïsme d'un vieux soldat, à la bénévolence d'un vieux républicain et à la prudence d'un roi nouveau (1) ?

Telles furent les peines légales et extra-légales, naturelles et surnaturelles qui précédèrent ou qui accompagnèrent la condamnation.

La condamnation fut arbitraire.

Elle fut aussi terrible, aussi cruelle qu'elle pouvait l'être : au deuxième tour de scrutin, quatre voix ; au premier, huit, on peut le dire monstrueuses, votèrent *la Mort*, avec toutefois la honte de son nom, se contentant de dire : *La plus forte peine portée par le Code pénal.....*

Et le 21 décembre, le président, d'une voix émue, prononça un arrêt suicide, par lequel : « Considérant que par les Ordonnances la charte avait été *manifestement violée*, et que le pouvoir royal avait usurpé la puissance législative ; que si la volonté du roi Charles X a pu entraîner la détermination des accusés, elle ne les affranchit pas de la responsabilité *légale ;* qu'ils ont *Conseillé au roi de déclarer Paris en état de siége,*

(1) Daumesnil, Lafayette et le roi Louis-Philippe.

pour triompher par les armes de la résistance légitime des *citoyens ;* que ces actes constituent le *crime* de *trahison prévu* par l'art. 56 de la *charte de* 1814 ; qu'AUCUNE LOI N'A DÉTERMINÉ LA PEINE de cette *trahison ;* qu'il n'existe *aucun lieu* où les condamnés à la déportation puissent être détenus ; condamne *le Prince* de Polignac, etc., à la prison *perpétuelle*, le déclare *mort civilement*, etc. »

Nous n'avons pas changé un mot à cet arrêt, que le préfet de la Seine a interprêté, le jour même, en ces termes : « La peine la plus forte après la mort a été portée en expiation du *plus* grand des crimes ; et les accusés seront privés, pendant toute leur vie, de cette liberté *sans laquelle l'existence est un fardeau.* »

Cet arrêt, qui l'eût pu croire? a été exécuté.

Il l'est encore !!!

« La France a besoin de justice, disiez-vous dès le temps du procès, elle n'a pas soif de vengeance (1)? » Nous pouvions vous prendre dès alors, nous vous prenons aujourd'hui au mot !

Voulez-vous à présent juger la condamnation des ministres et sa prolongation, par ses conséquences inévitables? Et d'abord sur les royalistes de tous les pays? car il y en a bien encore un grand nombre ; et, malgré leurs anciennes fautes et leurs imprudences nouvelles, ils ne sont point à dédaigner dans un pays quasi-républicain. Elle les a rendus, elle les rend chaque jour odieux à l'aspect de leurs adversaires, comme ayant plus ou moins approuvé, sinon les moyens, du moins les vues des ministres. Elle les a rendus mécontens,

(1) Rapport de M. Bérenger.

elle les a désaffectionnés du gouvernement nouveau, elle a retardé le moment de la légitimité générale.

Sur les fauteurs et les partisans du gouvernement nouveau? Elle les a faits à leur tour odieux dans l'esprit des partisans de l'ancien. Elle à été tache pour eux dans l'histoire d'un parti. Elle les a exposés même (car qui peut répondre des miracles dans un temps de miracles, ou, si l'on veut de crimes, dans un temps de crimes?) à une réaction contre laquelle ils n'auraient nulle défense (1).

Que sont devenus les juges (et surtout les juges commissaires) des hommes d'état dans tous les pays?

Qu'est devenue leur mémoire (2)?

Qu'est-elle surtout devenue, lorsqu'on a pu, même injustement, les soupçonner d'avoir voulu préparer ou consolider leur propre élévation? lorsqu'on a pu croire qu'ils aspiraient à remplacer les accusés? lorsqu'ils les avaient, de loin ou de près, remplacés déjà (3)?

(1) « Les premiers auteurs d'une révolution qui commence sont les premières victimes de celles qui la suit. » (M. Guizot, *Du Gouvernement représentatif*, p. 75.)

(2) « On ne donne des juges choisis que dans la vue d'absoudre des coupables ou de condamner des innocens. La nation a appris à ne regarder les commissaires que comme des *Meurtriers privilégiés*. Je suis étonné qu'il se trouve des hommes assez intrépides pour se charger de pareils emplois, et pour braver le mépris public. » (La Chalotais, *Mémoires*.) — Voyez, dans le livre *De la Justice criminelle*, de M. Bérenger, la terrible histoire d'une petite partie de la *Justice par commissaires*. — Voyez aussi les articles 62 et 63 de la Charte de 1814, exclusifs de cette justice; et les articles 53 et 54 de la Charte de 1830, qui en sont plus exclusifs encore.

(3) L'aspect du Ministre qui subirait une punition flétrissante, AVILIRAIT, dans l'esprit du peuple, LE MINISTRE ENCORE AU POUVOIR. (Benjamin Constant, p. 62.) « Enfin, l'espèce humaine n'a que trop

Pour nous, nous l'avouons, si nous étions appelés à juger un homme dont nous aurions la dépouille, nous verrions de l'ingratitude, nous aurions de l'inhumanité à le condamner; nous aurions même quelque honte à absoudre celui qui nous eût fait roi.

Nous voudrions nous mettre à sa place!
Et monté jusqu'au faîte, nous aspirerions à *descendre!*

Les effets de la condamnation sur la nature des choses, sur la raison, sur la justice?

Elle les a blessées au vif, car elles crient, toutes ensemble, malgré nos fictions constitutionnelles, que les rois et leurs ministres sont une famille qu'il n'est guère possible de diviser (1); que, lorsqu'il y a une grande mesure, une grande volonté dans une monarchie quelconque, et surtout dans une monarchie ancienne et légitime, c'est au roi seul qu'il est possible de les attribuer, et que ses ministres ne sauraient être coupables, pour avoir été obéissans, et peut-être dévoués. « Ceux, dit Bossuet, qui pensent servir l'état autrement qu'en servant le prince et en lui obéissant, s'attribuent une partie de l'autorité royale; ils troublent la paix publique et le concours de tous les membres avec leurs chefs (2) ».

Enfin, les effets de la condamnation sur l'ordre pu-

de penchant à fouler aux pieds les grandeurs tombées. Gardons-nous d'encourager ce penchant. Ce qu'après la chute d'un Ministre, on appellerait la haine du crime, ne serait le plus souvent qu'un acte d'envie ou de dédain pour le malheur. » (*Idem.*)

(1) *Nam ipsi corporis nostri sunt.* (Cod. *ad Leg. Jul. Maj.*)

(2) Bossuet, Titre : *Qu'il faut servir l'État comme le prince l'entend.* (*Politique tirée de l'Écriture-Sainte.*)

blic en général? Elle était, dès 1830, une excitation, bien plus qu'une satisfaction, pour les fauteurs des troubles : il n'y a rien, comme les révolutions, pour appeler, pour engendrer les conséquences, car les révolutions sont essentiellement logiques. Leur justice rigoureuse, après avoir abattu les auteurs des crimes qui lui sont contraires, veut abattre les complices; et les complices des anciens ministres seraient, avec le temps, non seulement leurs anciens auxiliaires, mais encore plus leurs partisans, patens ou présumés, dont nous avons déjà lu les catégories.

L'ancien gouvernement, l'ancienne monarchie tout entière, serait appelée à la barre du peuple souverain. Le gouvernement nouveau, la nouvelle dynastie, qui a souvent reculé ou hésité devant les exigences populaires, le gouvernement même, et surtout, qui a obtempéré à ces exigences (car le peuple naturellement juste, et même bon, qui finit par savoir gré du bien qu'on lui impose, même les armes à la main, ne pardonne jamais le mal qu'on lui laisse faire (1), y serait

(1) Le peuple de juillet est assez bien disposé à pardonner au gouvernement d'*août* le salut et la grâce des Ministres! Ses représentans se sont trouvés, presque tout de suite, faire un avec eux de cause et d'infortunes. Aujourd'hui, ils ont les mêmes juges, les mêmes glaives suspendus sur leurs têtes, sans avoir pourtant les mêmes faits à se reprocher. Ils en ont de contraires. Les condamnés de Ham voulaient prévenir ou arrêter l'insurrection; les prévenus du Luxembourg voulaient l'opérer. L'ennemi commun est toujours le même. O Justice humaine! que de choses il vous manque pour être juste!

Il était bien naturel, bien juste, que le défenseur des ministres le fût aussi des hommes d'avril ou de juillet, et que les deux causes, à des titres divers, fussent soutenues à côté l'une de l'autre.

Dès avant le jugement du 21 décembre 1830, l'un des plus nobles hommes du peuple-roi, M. Fazy, ardent et habile républicain, pré-

traduit à son tour : il aurait commis des *dénis de justice.*

sentait en ces termes une *fin de non-recevoir* à la Cour des Pairs de cette époque, dans son journal intitulé : *La Révolution.*

Il avait le pressentiment que la *fin de non-recevoir* militerait un jour en sa faveur !

« Ainsi, vous le voyez, ces mouvemens populaires ne peuvent avoir pour résultat que de révolter les ames nobles et indomptables des vrais amis, des vieux défenseurs du peuple, et ne peuvent servir qu'à justifier ou rendre excusables les rôles de ces hommes pusillanimes, instrumens dociles de toutes les tyrannies, soit qu'elles commandent en habit brodé de cour, soit qu'elles ordonnent par les bras nus des artisans. Je leur demande donc, *est-il bien digne du noble peuple, vainqueur dans la grande semaine, de s'abaisser à faire ou à justifier des lâches ?*

« C'est là ce que les vrais amis du peuple doivent lui dire et lui répéter chaque jour. Ils doivent lui dire que si la justice est le premier de ses droits, elle est aussi le premier de ses devoirs, et que, pour exercer et obtenir cette justice pleine et entière, loin de demander la mise en jugement, sans aucun délai, des captifs de Vincennes, *il faudrait, au contraire, demander que ce grand procès fût remis à une autre époque, et même à un autre tribunal.*

« Vous allez en sentir la raison ; et le peuple qui, quoi qu'on en dise, a infiniment d'intelligence et de conscience, la sentirait aussi bien que l'homme le plus savant, si mes paroles pouvaient arriver jusqu'à lui. Je me suppose un instant assez malheureux pour être à la place d'un des accusés. En paraissant devant ces juges, et à la première question du président, je lui dirais : « *Qu'êtes-vous?* que sont ces juges ? quels sont vos droits ? Vous me dites que vous formez la *Cour des Pairs;* je le nie. La pairie, fille de la restauration, créée par la restauration et la dynastie, et dans l'intérêt de cette restauration et de cette dynastie, est de droit morte avec elle. Vos pouvoirs vous ont été confiés par le principe de la légitimité et pour cette légitimité. Dans un duel immense, ce principe a été tué par le principe de la souveraineté du peuple. Le principe victorieux ne vous a pas encore reconnus. En droit, vous n'êtes rien. En fait, vous n'êtes pas davantage. La Chambre des Pairs se composait de près de 400 membres ; 80 ont été exclus par violence, quoique nommés au même titre et suivant les mêmes formalités que vous. Plus de la moitié des autres ont refusé de se présenter dans cette enceinte ; ils ont proclamé leur incapacité et la vôtre. Vous êtes cent au plus : dans une telle

Si en 1830 (et à plus forte raison cinq ans après), le tribunal suprême ou le trône, appelé à juger les ex-ministres, écoutant à la fois le cri de sa conscience et celui des lois, eût été assez éclairé pour être juste; s'il se fût montré comme un seul homme, et comme un homme héroïque, la fraction du peuple, qui semblait si colère, si rouge de ressentiment, qui pouvait en un mot et tout d'un coup devenir furieuse, se fût trouvée, tout aussi bien, résignée et magnanime; il est dans la nature intime des hommes, et surtout des peuples les plus indépendans, de s'humilier devant la grandeur réelle :

. . . . Si forte virum quem
Conspexere, silent. (Virg.)

« On a tant de dispositions, dit M. Necker (qui se connaissait, et faillit se connaître encore mieux en Pouvoir *exécutif*), à se servir de la responsabilité des ministres comme d'une arme offensive, qu'elle devient, entre les mains des hommes inquiets ou jaloux, un moyen continuel d'agitation ». (Tome 2, pag. 32.)

minorité, je ne puis voir qu'*une espèce de Commission*, dont les pouvoirs ne sont ni dans la Charte ancienne, ni dans la nouvelle.

« Ce n'est donc pas ici que je dois compte des événemens de juin 1820..... Pardon, M. le président, je voulais dire de juillet 1830, et ce n'est pas à vous à m'interroger.

« Mais j'entends des rugissemens autour de cette enceinte; je me tais : ouvrez ces portes et livrez-nous aux lions.

« N'est-il pas vrai que le *rôle de l'accusé est infiniment plus beau que celui des accusateurs et des juges?* N'est-il pas vrai que, répété long-temps après la vengeance, ce discours ferait honneur à son auteur, et le ferait regarder comme une victime? N'est-il pas vrai enfin qu'en principe, on n'y peut rien répondre? »

M. Daunou, qui ne manque pas plus d'expérience, a fait la même observation de nos jours, dans son *Traité des garanties individuelles* (pag. 235) : « La plupart des inculpations officielles et des poursuites juridiques dirigées contre les ministres n'ont produit que des émotions dangereuses. »

Les effets des rigueurs de Ham, sur les chartes, sur les élections, sur les chambres, sur le gouvernement représentatif tout entier?

Elle le dénature, elle le dégrade, elle l'avilit, parce qu'elle en fait une ridicule fiction et un mensonge officiel. Le premier de ses principes, son dogme par excellence, c'est l'inviolabilité du roi par le moyen de la responsabilité des ministres. Et pourtant en France, ainsi qu'en Angleterre, en 1648, en 1688, en 1793, en 1830, on a toujours vu la responsabilité, la chute et trop souvent la mort des ministres et des rois ensemble.

Le dernier Roi de France a été puni, par la perte de sa couronne, des ordonnances et des Ordres de juillet : la vengeance est assez belle ! les ministres ne pouvaient être punis en 1830, ils ne pourraient surtout aujourd'hui continuer de l'être, sans qu'il y eût deux sentences pour la même faute, le *Bis in idem* (et le *bis* ici est l'infini), c'est-à-dire l'effroi de la jurisprudence.

Détrônez le roi, mais, alors, respectez ses ministres ; si vous sévissez sur les ministres, rappelez le roi !

Voyez cette Angleterre, que vous considérez comme la terre classique du représentatif, de la liberté, de la générosité (1) ! deux fois elle condamna les Stuarts,

(1) Voici le jugement de M. le duc d'Orléans sur l'Angleterre, dans

et deux fois elle respecta leurs serviteurs (1).

Elle avait, au contraire, respecté ses rois, lorsqu'elle avait jugé leurs ministres (2).

Sans cela, le gouvernement représentatif serait tyrannique, et il a la prétention d'être généreux! il veut être franc, et il serait hypocrite!

La Charte doit être *une vérité*, et elle serait désormais un mensonge!!!

sa *Lettre* à jamais célèbre *à l'Évêque de Landaff*, du 28 juillet 1804, immédiatement après ces immortelles paroles sur le duc d'Enghien : « *Son sort est un avertissement pour nous tous. Il nous indique que l'usurpateur ne sera jamais tranquille, tant qu'il n'aura pas effacé notre famille de la liste des vivans....* » — Cela me fait pressentir plus vivement que je ne le faisais, quoique cela ne soit guère possible, le bienfait de la généreuse protection qui nous est accordée par votre nation magnanime. J'ai quitté ma patrie de si bonne heure, que j'ai à peine l'habitude d'un Français, et je puis dire avec vérité que je suis attaché à l'Angleterre, non seulement par reconnaissance, mais aussi par goût et par inclination. C'est bien dans la sincérité de mon cœur que je dis : Puissé-je ne jamais quitter cette terre hospitalière! Mais ce n'est pas seulement en raison de mes sentimens particuliers que je prends un vif intérêt au bien-être, à la prospérité et au succès de l'Angleterre, c'est aussi *en ma qualité d'homme. La sûreté de l'Europe, celle du monde même, le bonheur et l'indépendance future du genre humain, dépendent de la conservation de l'Angleterre*; et *c'est là* la noble cause de la haine de Bonaparte pour vous, et celle de tous les siens. Puisse la Providence déjouer ses projets iniques, et maintenir ce pays dans sa situation heureuse et prospère! C'est le vœu de mon cœur, c'est ma prière la plus fervente.

. . . .

« Veuillez bien me rappeler, etc.

« L.-P. d'Orléans. »

Bonaparte est aujourd'hui au faîte de la Colonne, et le duc de Berry, etc., je ne sais où....

(1) Le lord-chancelier Jeffries était le seul détenu, et ne fut pas jugé, à l'avènement du roi Guillaume!!!

(2) Le comte de Strafford et Laud, archevêque de Cantorbéry, deux des plus grands hommes d'état de l'Angleterre, et les seuls capables de sauver Charles Ier, si Charles Ier eût pu être sauvé, furent jugés de son vivant, long-temps avant sa mort, et même de son aveu.

Il nous faut dire enfin l'effet que la condamnation prolongée des anciens ministres pourrait avoir sur la diplomatie européenne : elle serait peut-être une cause, elle pourrait être surtout un prétexte de coalition (1). La nation française est forte, il est vrai ; divisée à d'autres égards, elle serait *une*, elle serait *indivisible*, elle serait *républicaine* dans ses sentimens de dignité et dans ses amours de gloire. Elle fut toujours, elle serait, surtout aujourd'hui, en héros féconde. Un coup de canon suffirait pour la couvrir de soldats. Les fils des vainqueurs de *Jemmapes* ou de Marengo, endormis au souvenir de la victoire, se réveilleraient, comme un seul homme, et refouleraient, dans son pays, l'étranger imprudent, en ravivant les vieux lauriers de la patrie.

Mais cette gloire, qui a son mérite, a aussi ses calamités. Il en est une autre qui n'a que des avantages, et que la postérité aussi raconte, c'est la haute sagesse qui, en prévenant les guerres, sauve le sang des fils et les pleurs des familles ; c'est l'équité envers les vaincus ; c'est, si l'on veut, la clémence envers des coupables extraordinaires, puisqu'ils se croient innocens : car c'est par elles que les nations sont grandes, et que les princes se rapprochent de Dieu : *Deum imitatur, qui ignoscit* (loi 23. *C. de nupt.*).

Il faut qu'il y ait bien de la déraison, bien de l'iniquité, bien de *l'étrangeté* dans le jugement, la con-

(1) L'opinion diplomatique européenne en faveur des Ministres de Charles X ne s'est point dissimulée. M. de Metternich, qui la représente, a traité comme un ami, et presque comme un collègue, le sage et vertueux M. de Montbel, qui, seul, représente si bien la pureté de vues et d'intentions du Ministère des Ordonnances.

damnation, et la condamnation exécutée, de ministres qui, sans s'être rendus coupables de prévarications proprement dites, n'ont fait qu'adopter tel ou tel système politique, et ne l'ont pas suivi, que parce que leur roi, et même une partie des citoyens, et les milliers notamment de ceux qu'on a destitués et les milliers de ceux qu'on destituera, l'avaient eu préalablement !

Une sévérité, disons-le, une inhumanité si énorme, semble répugner au genre humain :

On ne citerait pas, peut-être, dans toute l'histoire universelle, un seul ministre condamné qui n'ait été, un peu plus tard, jugé digne de réhabilitation (1).

On ne trouverait pas surtout une condamnation ici qui ait flétri sa victime ; et il y en a beaucoup qui l'ont immortalisée ! Il n'en est pas une, au contraire, qui ne soit retombée sur les rois qui l'avaient soufferte, et surtout sur les commissaires qui avaient pris sur eux de la prononcer.

Quels crimes que ceux que Bossuet et la *Politique sainte*, tout entière, prescrivaient comme des devoirs !

(1) Enguerrand de Marigny, Olivier de Clisson, Jean de Montaigu, René d'Alençon (prince du sang), *Baune* de Semblançay, Étienne Poncher, l'amiral Chabot, le maréchal de Biès, Poucy de Vervins, Condé (prince du sang par excellence), de Marillac, de La Valette, etc. En Angleterre, Bacon, Strafford, etc., furent aussi réhabilités. « Les révolutions tuent les hommes (dit Duport du Tertre, ministre de Louis XIV, en allant à l'échafaud), la postérité les juge. » Et même la postérité libérale. Dans un chapitre intitulé : *De la Conspiration papiste*, l'historien du *Tableau politique des règnes de Charles II et de Jacques II*, M. Boulay de la Meurthe remarque qu'*on foula aux pieds les premières notions de la justice, et qu'on ne vit que la qualité des accusés, etc.*

quels crimes que des actes qui seraient vertus aux yeux de ce siècle de Louis XIV, que Voltaire, lui-même, appelait l'*Éternel honneur de la France!* quels crimes que des crimes qui ne peuvent souffrir les regards de la postérité !

Quels coupables que des hommes que leurs accusateurs sont glorieux de poursuivre!

Quels coupables que ceux que les vrais amis du peuple, plus conséquens en révolution, se refuseraient à condamner (1)!

Quels coupables que des hommes que les plus illustres s'honoreraient de pouvoir défendre!

Quels coupables que des hommes auxquels les plus éloquens de leurs anciens adversaires (2), se fussent crus avilis de n'oser donner leur appui!

Quels coupables que des hommes estimés de leurs propres juges, et qu'on eût été heureux de pouvoir absoudre sans inconséquence!

Quels coupables que des hommes auxquels leurs propres juges déclarent, par un arrêt préparatoire, ne pouvoir infliger *une peine infamante*, c'est-à-dire une peine capable de déconsidérer (3)!

Quels coupables que des hommes qui sont allés tête levée au tribunal, et qui, au besoin, fussent montés à l'échafaud tranquilles!

(1) Voyez les beaux articles de *La Tribune* du 21 octobre, etc., de *La Révolution* des 23 octobre et 13 décembre; les généreux écrits de l'infatigable baron de Massias, et de M. Roselly de Lorgues, l'auteur du beau *Christ devant le Siècle;* et les beaux vers de M. de Lamartine sur le procès.

(2) M. de Martignac.

(3) C'était déjà l'opinion de Benjamin Constant, dans son livre sur la *Responsabilité*, et celle de MM. Comte et Dunoyer, dans le compte qu'ils en ont rendu au tom. V de leur *Censeur.*

Quelles victimes que celles qui lèguent la noblesse à leur famille et même à leurs défenseurs !

Quels infortunés que ceux dont le salut donna l'honneur et l'immortalité à Daumesnil !

Quels nobles malheureux que ceux dont la grâce, même tardive, et comme forcée par le désir et le cri français (1), européen, ferait pardonner près de cinq années d'iniquités et d'ingratitudes !

Quelle mise en liberté enfin que celle qui donnerait peut-être à des usurpateurs, s'il y avait des usurpateurs, le caractère de la légitimité ! ! !

Nous ne dirons plus qu'un mot, car c'est le plus capable à la fois d'éclairer les juges et les rois, et de consoler les accusés :

Les actions des ex-ministres furent imprudentes; elles furent même, en un sens, criminelles à force d'être répréhensibles.

Mais il faudrait, pour trouver leurs *vues*, leurs *intentions* coupables, se refuser aux éclats de l'évidence. S'ils méritent un châtiment humain, les royalistes de tous les temps, les hommes qui furent à toutes les époques, par leurs talens et leurs vertus, la gloire du monde, un nombre immense d'honorables Français et

(1) Toute la France éclairée en particulier sourit, depuis longtemps, à la liberté des anciens Ministres, qui se sont faits tous littérateurs, et se sont fait *pardonner* leur littérature, encore mieux que leurs Ordonnances. Ils sont éminemment *Français*, les hommes qui chantent les vieux *Francs*, comme M. de Peyronnet, ou les jeunes, dont le *Fils de l'homme* (*) mourut le modèle, comme a fait M. de Montbel. La quatrième édition de *l'Histoire du duc de Reichstadt* corrigée et augmentée par l'auteur, sera mise incessamment sous presse, et se trouvera chez l'Éditeur d'*Un Roi devant ses Pairs*.

* Il est remarquable que le duc de Reichstadt soit le cousin du duc de Bordeaux au 6e degré.

d'étrangers honorables dans toutes les parties du monde, la religion tout entière dont les ministres de Charles X pensaient prendre la défense, celle-là même que la nouvelle charte a reconnue la foi de la *grande majorité des Français*, méritèrent avant eux ce châtiment!...

Le fait enfin des ministres vaincus est d'un ordre extraordinaire : pour quelques jours qu'il a semblé grave, hardi, et si l'on veut criminel, à une partie du peuple, il est en peu de temps devenu, ou resté, pour tous les partis et pour tout le monde, ce qu'il était : un acte de gouvernement naturel.

Il est à cet égard, au moins, de la nature de celui des vainqueurs aux derniers jours de juillet, qui sembla héroïque aux uns, alors qu'il était horrible pour les autres.

De tels exploits échappent au domaine de la justice humaine. Les hommes en général ne sauraient être juges (il y en a qui ne seraient ici que parties), là où il y a des oppositions si grandes. Ils sont trop petits, alors qu'ils sont le plus élevés; ils sont trop hommes enfin, tout rois qu'ils sont, pour faire office de Dieu. Ils doivent, sous peine de regrets éternels, et peut-être d'éternels remords, se déclarer incompétens, se renvoyer chacun à leurs juges naturels, se pardonner réciproquement leurs fautes et surtout leurs vertus!

Craignons de compromettre, nous ne dirons pas votre victoire, nous ne dirons pas même notre conscience, mais notre sécurité à venir, en nous montrant de plus en plus sévères (car les premiers jours d'une prison ne sont pas les plus terribles) envers des infortunés qui furent d'aussi bonne foi dans leur conduite politique que nous dans la nôtre, et qui, déchus et désabusés des grandeurs de la terre, ne demandent plus qu'à reconnaître les nôtres et à finir dans la douleur et la retraite une vie déjà avancée, et que nous venons, si gratuitement, de rendre si terrible !!!...

Car nous pouvons vous dire, comme autrefois Démosthènes aux Athéniens, dans la première de ses *Philippiques* (1) : « Ne vous figurez pas que la félicité de Philippe soit *Immuable*, comme celle d'un dieu. Il y a des gens qui le haïssent, il y en a qui le craignent, il y en a qui lui portent envie, même parmi ceux qui lui sont le plus dévoués. »

(1) Traduction de d'Olivet, p. 39.

TROISIÈME PARTIE.

DROIT DE CITÉ, DANS LEUR PATRIE, DES FAMILLES ROYALES EXILÉES.

« *Absentia ejus, qui Reipublicæ causa abest, neque ei, neque alii damnosa esse debet.* (Loi 140, *De reg. jur.*)

La France doit la liberté aux ministres de son ancien roi.

C'est sa dette la plus sacrée.

Louis-Philippe, roi des *Français*, par les Français, violerait son titre s'il ne se hâtait d'acquitter cette dette, bien autrement certaine, bien plus française que la dette américaine.

La France doit sa gloire, elle se doit bien un peu elle-même aux Bourbons ; elle doit assez leur laisser le droit *naturel* d'aller et de venir chez elle !

Je ne dirai pas que Louis-Philippe doit la liberté de la patrie aux rois de l'exil : il leur doit bien autre chose ! Et puis, le royal triumvirat ne saurait, dans les mœurs européennes, accepter de quelqu'un le droit de cité là où il eut le droit d'exil contre quelqu'un.

Mais les *Français* et leur *Roi* se doivent à eux-mêmes, de rayer des tables de leurs lois, celle qui exclut *à jamais*, du sol de la patrie, ceux dont les ancêtres fondèrent la patrie, et dont la seule *existence* est, encore aujourd'hui peut-être, la cause secrète du respect de l'Europe pour la patrie !...

Il ne faut pas qu'après quatre années d'expériences si variées, il soit dit que la France légale ait refusé de recevoir, d'accueillir, sinon comme roi, au moins comme homme, celui qui fit flotter ses drapeaux triomphans à la vue de Gibraltar, dans deux mondes.

Lorsqu'en 1814 Charles X, pour la première fois depuis l'ancienne révolution, mit le pied sur la terre de France, il s'est écrié, en répondant aux flatteurs, à ceux-là peut-être qui allaient le trahir pendant quinze années et qui voyaient en lui tout le pays : *Ce n'est qu'un Français de plus!*

Aujourd'hui que la France est en proie à des discordes civiles, sans cesse renaissantes, que le remède à la restauration s'est trouvé pire que la restauration, et que les premières cours de justices, et par elles les deux chambres, sont devenues, alternativement, des théâtres de ridicules et presque des champs de batailles, aujourd'hui que le *Journal des Débats*, lui-même, crie en danger la patrie, l'exil *légal* de Charles X est l'expatriation d'une armée!

Ce que nous demandons, ce que la France libre demande avec nous pour les Bourbons, nous le demandons même pour la famille Bonaparte. « Il n'y a rien, dit Montesquieu dans l'*Eloge de Berwick*, de plus respectable que des princes malheureux. »

Une monarchie qui, avec une armée de 500,000 soldats et une garde nationale d'un million de citoyens, redouterait jusqu'à la possibilité de l'ombre, jusqu'au nom d'un *Prétendant*, plus ou moins légitime, lorsqu'elle se trouve chaque jour en présence des milliers de prétendans philosophiques, serait une monarchie passée :

Nos plus grands ennemis ne sont pas à nos portes.

CONCLUSION.

In perturbatâ republicâ, non utile est eos præesse vobis, qui proximi invidiæ sunt. TIT.-LIV.

La démonstration, nous ne craignons pas de le dire, est à son comble, et ce n'est pas nous, certes, qui l'avons faite :

Ce que tout le monde pensait, nous l'avons dit.

Tous les pouvoirs, tous les partis, toutes les classes de la société en France, invoquent, à grands cris, l'amnistie, depuis plusieurs années.

Les grands pouvoirs de l'état, s'il y a maintenant des grands pouvoirs quelque part ; les chambres, le roi, les accusateurs, la plupart des ministres, la désirent, la veulent plus, certes, que les accusés d'avril et les condamnés de Ham ou cosmopolites.

A tel point, qu'il n'existe plus d'autres difficultés sur l'amnistie, que celles de son étendue, de son opportunité, de son moyen, de son exécution.

Il s'agit, en un mot, non d'une question de chose, mais d'un point de forme.

Et c'est ici que nous devons et que nous allons parler *Constitutionnellement :*

C'est-à-dire que nous ferons du roi une fiction, et du ministère une vérité.

Le ministère seul a volonté et capacité pour faire mal ; et, seule, la royauté est impeccable, alors même qu'elle aurait la volonté de mal faire.

Or, le ministère actuel n'a pas voulu depuis deux ans, il persiste encore aujourd'hui à repousser l'amnistie.

Il s'est servi des accusés d'avril, comme d'une meute, contre les deux chambres, en mettant la Haute dans le cas, à défaut de code d'instruction criminelle pour sa juridiction, de s'en créer un d'exception, comme son tribunal; en lui rendant, d'un côté, les accusés qu'elle perdait de l'autre; en cumulant incidens sur incidens, procès sur procès, coups d'états judiciaires sur coups d'état judiciaires : *Abyssus abyssum invocat*. . . . .

Le Cabinet, seul, ne veut pas et n'a pas voulu l'amnistie.

Et il est précisément, de tous les ministères passés et possibles, celui qui se trouvait, par ses précédens, le plus obligé à octroyer l'amnistie : M. Guizot, par son traité *De la justice politique*; M. Thiers, par son *Histoire* apologétique des plus grands excès *de la révolution;* M. Persil, et M. Dupin, son premier substitut, par leurs anciens *Plaidoyers* pour les accusés politiques, et leur éternelle devise : *Libre défense des accusés*.

Cependant l'amnistie devient, par là même, de plus en plus urgente.

La France, l'Europe, le monde, dont les yeux sont constamment fixés sur le gouvernement français, le voient en proie aux plus inextricables contradictions, aux divisions intestines les plus flagrantes.

« Rien ne corrompt l'esprit des peuples, dit M. Guizot, comme une administration partiale de la justice criminelle. »

Or, M. Guizot laisse punir ou menace de punir *également*, et les ministres de juillet, qui voulaient arrêter une insurrection, et les citoyens d'avril qui voulaient opérer une insurrection (1).

Il a laissé imposer, il prolonge indéfiniment le châtiment des plus honorables victimes de leur dévouement à l'autorité royale, et dont il imite aujourd'hui, autant qu'il peut ou qu'il ose, seulement dans son intérêt, le ministère.

Il poursuit, il menace, il prive de la défense commune les hommes auxquels il dit naguère en pleine chambre des députés : « Sans doute *j'honore* les partisans de la république; *leurs principes* sont *honorables*, leur *ame* est *élevée*, leurs *sentimens nobles*, leurs *pensées généreuses*, et, s'il était permis de le faire, je leur adresserais les paroles du vieux Galba : « Si la « république pouvait être rétablie, vous seriez dignes « qu'elle commençât par vous. »

Le gouvernement d'août est ainsi parvenu à neutraliser le gouvernement d'août, à placer l'anarchie jusque dans la justice (2), et à se trouver peut-être, avec sa procédure, plus près d'une révolution que l'ancien gouvernement de juillet par ses projets d'ordonnan-

(1) On peut lui rétorquer ce qu'il disait, en 1821, à M. de Peyronnet, à la page 51 de son traité *De la Justice :* « Quiconque, trois ans plus tôt, eût dit à ces hommes qu'ils feraient un jour ce qu'ils ont fait, eût aussi excité leur indignation. »

(2) Était-ce là ce que M. Thiers, ayant à ses côtés M. Guizot, entendait l'autre jour à l'Académie, lorsqu'à propos de l'*unité* de la langue dont il fait honneur à l'innocente Académie, il parlait des *autorités qui maintiennent ailleurs l'unité de la justice, de l'administration du gouvernement;* ajoutant : « Je suis fier, Messieurs, de cette grande *unité*.» (Voyez *La France* énergique de M. de Lisle, numéro du 17 décembre.)

ces, et cela avec autant de forces civiles et militaires, que celui-ci en avait peu.

Voulez-vous écarter, en un moment et à la fois, toutes ces difficultés et tous ces périls? Ecartez un homme, car un ministère c'est toujours un homme!

Ecartez-en, si vous voulez, quatre :

Avec le premier, que vous rendrez aux *lettres, au culte desquelles* il a dit à l'Académie *qu'il avait été passagèrement enlevé;* vous satisferez à la fois la famille et l'état, à la morale privée et à la morale politique.

Avec le second, vous vengerez (et c'est là la *Justice* éminemment *politique)* la restauration de 1814 et la révolution de 1830, car c'est la même *Doctrine*, celle de l'intérêt, qui a perdu l'une et qui compromet l'autre.

Avec le troisième (1), que la spécialité de son ministère constitue le juge véritable, le grand-juge, le premier et le dernier juge, l'homme enfin du procès pendant entre une moitié de la France et l'autre, vous faites, si on peut le dire, justice de la justice même.

Avec le quatrième enfin, que sa prépondérance fait en ce moment même le Garde-des-Sceaux.... vous reniez toutes les fautes et tous les malheurs des gouvernemens et des peuples depuis soixante ans : car

(1) Ce n'est guère l'homme, même public, certes, que nous attaquons ici; nous l'estimons, nous avons reconnu, nous lui avons dit le courage de sa belle inconséquence; nous avons même eu, et nous lui avons fait l'honneur de lui demander l'autre jour, non une grâce, mais une justice de son département, pour un de nos amis de la Côte-d'Or. C'est la position seule du ministre, fût-il notre père, contre laquelle nous nous élevons.

M. Necker a fait tout le mal de 89, et par contre-coup celui de 93, c'est-à-dire le mal de la vieille monarchie; la prétentieuse Mme de Staël, en ergotant contre Bonaparte, a failli faire celui de l'empire; et son fils, patron des *doctrinaires*, causa celui de la restauration.

Il *Préside* aujourd'hui à celui de la révolution du 7 août.

Cela donné, l'amnistie des sujets va toute seule!

Sans cela, ce serait peut être l'amnistie des rois!!!

Le pouvoir qui cède, me direz-vous, est un pouvoir qui s'en va? D'accord, mais tous les pouvoirs, *les rois* les plus anciens et les plus durables en apparence s'en sont allés, ou *s'en vont;* aimez-vous mieux vous en aller vite qu'au petit pied?

C'est à ce train que votre prédécesseur s'en est allé.

Votre maxime l'a perdu; elle vous perdrait mieux encore :

Sous son règne, il n'eut qu'un parti pour lui répondre : *Il est trop tard!*

De votre temps, il s'en trouverait *deux!*

Prenez donc vos précautions; réalisez ce mot flatteur de votre imprudent ministre : « Nous voyons tous les jours la prudence de Guillaume III. »

Une révolution peut être prochaine; elle nous semble en tout cas d'autant plus sûre, d'autant plus inévitable qu'elle est plus ajournée. Elle marche sans cesse, comme l'heure indicative du temps, sur le plateau de la pendule : comme elle aussi, on ne la voit pas se mouvoir, on l'entend sonner seulement. Heureux si alors vous pouvez dire (sans vous justifier, car les erreurs sont, plus qu'on ne pense, des effets de fautes), comme vous avez dit encore à l'Académie : « Nous avons des erreurs, nous n'avons pas de crimes à nous reprocher! »

En vain vous direz encore, comme là : « Une couronne tombe avec fracas, entraînant *la tête auguste* qui la portait. Aussitôt et sans intervalle sont précipitées *les têtes les plus précieuses et les plus illustres.* » Le conventionnel Buzot vous répondrait, comme jadis à d'Orléans-Egalité, ce mot terrible, que M. de Conny a rapporté dans sa *France sous le règne de la Convention* : « Imitons les Romains qui eurent l'ingratitude d'éloigner loin de Rome Collatin, parce qu'il était du sang d'un roi qu'il contribua à expulser. » Et des conducteurs, bien différens des Odilon-Barrot que vous donnâtes à vos cousins, vous diraient, comme ils dirent un jour à votre frère, le duc de Montpensier, qui nous le raconte dans ses *Mémoires* : « Nous avons bien coupé le tronc, mais la besogne ne sera qu'à moitié faite, si nous n'arrachons ensuite tous les rejetons; car sans cela l'arbre pourrait repousser encore. »

L'avenir enfin me fait presqu'autant d'horreur que le passé : et c'est pour inspirer cette horreur que je les rappelle.

J'en conclus l'amnistie (1).

(1) M. Guizot la concluait avant moi, et mieux que moi, dans les premières et dans les dernières pages de son immortel traité *De la Justice politique* :

« Qui sait, dit-il, les retours des choses humaines? Que la justice ne s'engage point à leur suite! qu'il y ait sur la terre un asile inviolable à tous les vainqueurs ! Notre temps en a plus besoin que tout autre. Ce n'est pas d'aujourd'hui que le monde se plaint d'être mal gouverné. Mais, *à aucune époque*, les fautes des gouvernemens n'ont eu des effets si certains, si étendus, et si prompts. On dirait que *la Providence* est devenue plus sévère : elle permet au mal une facilité d'accomplissement, une rapidité de propagation vraiment inouies, et non moins rapide, NON MOINS TERRIBLE EST LA VIOLENCE AVEC LAQUELLE LE MAL RETOMBE SUR LA TÊTE DE SES AUTEURS. » (Pag. 3.)...

« En envahissant la justice, la politique cherche, sur un terrain où rien ne l'appelle, des obstacles nouveaux ; elle excite le mécontentement et les alarmes d'une foule d'hommes qui ne sont point ses ennemis. Un tel mal ne se manifeste pas *sans accuser le système qui le produit*. Il n'est jamais isolé ; il ne peut jamais l'être ; et il est maintenant aussi impossible d'en méconnaître le principe que d'en mesurer toutes les conséquences. Si le principe continue d'agir, le mal se perpétuera, et ses conséquences se développeront. Que *la Providence* en préserve la France et la monarchie ! » (Conclusion.)

Voilà de la *Doctrine* pour M. Guizot ; voici à présent de l'*Histoire* pour M. Thiers, et de l'*Angleterre* pour leur Roi (qui est aussi le mien.) Je trouve ces trois choses consignées dans le MONITEUR du 5 décembre 1789, où ils peuvent aller le lire, dans l'intérêt de leurs collègues de Ham, et dans leur propre intérêt :

« DES MINISTRES EN ANGLETERRE ET DE LEURS ACCUSATEURS.

« Quand un ministre est cher au prince, il est presque sûr d'être odieux à la nation. Si la guerre lui paraît nécessaire, on lui reproche la ruine du commerce ; et s'il veut la paix, on le taxe de sacrifier les avantages que procurait ou faisait espérer la guerre ; en sorte que, guerrier ou pacifique, habile ou incapable, généreux ou intéressé, toujours suspect, pour ne pas dire détesté, soit par la cour, soit par le parlement : cent batteries sont presque toujours dressées pour préparer ou précipiter sa chute.

« Sous le règne de Charles II, les ennemis du comte de Damby, alors ministre, se disposaient à exiger que l'on fît son procès, et leur réussite était certaine, sans le comte de Carnavan, son ami, qui, sans être ce qu'on appelle un homme de génie, parvint, par le singulier moyen du discours suivant, à détourner la foudre au moment qu'elle allait éclater : « Milords, dit-il, je sais assez mal le latin, mais je sais passablement l'anglais et je crois connaître l'histoire de mon pays. Cette étude, nécessaire à tout bon patriote, m'a mis au fait des suites fâcheuses qu'eurent presque toujours ces sortes de procédures inspirées par l'esprit de parti, ainsi que du sort funeste de presque tous ceux qui les ont entreprises. J'en pourrais citer nombre d'exemples anciens; mais, Milords, pour ne pas risquer d'ennuyer l'assemblée, je ne remonterai pas plus loin que le règne d'Élisabeth.

« En ce temps-là, le comte *d'Essex* fut poursuivi par sir Walter *Raleigh!* Milord *Bawn* poursuivit ce même Sir Walter *Raleigh;* et vous savez ce qui est arrivé à milord *Bawn!* De là le duc de *Buckingham* poursuivit milord Bawn; et vous savez ce qui est arrivé au duc de *Buckingham!* Sir Thomas Wenworth, depuis comte de *Strafford*, poursuivit le duc de *Buckingham;* et vous savez ce qui est arrivé au comte de *Strafford!* Sir *Navry-Vanne* poursuivit le comte de *Strafford;* et vous savez ce qui est arrivé à sir *Vanne!* Sir Thomas *Hosburny*, à présent comte de *Damby*, a poursuivi le chancelier *Hyde;* mais qu'arrivera-t-il au comte de *Damby?* C'est ce que va nous apprendre votre décision. En attendant pourtant, que celui qui veut poursuivre le comte de *Damby*, paraisse, *il ne me sera pas difficile, je vous jure, de lui prédire ce qui pourra lui arriver à lui-même.* »

« On ne saurait exprimer l'effet qu'un tel martyrologe, prononcé d'une voix forte et imposante, produisit sur la *Chambre des Pairs.* Il suffit de dire que le duc de *Buckingham*, le plus grand adversaire du comte de *Damby*, frappé de ce qu'il y avait là d'effrayant, ne put s'empêcher de s'écrier : « Cet homme est *inspiré!* » On ne donna aucune suite à l'accusation. »

Ainsi disait, en 1789, le *Moniteur* de M. Maret, aujourd'hui duc de Bassano, et juge à la *Cour des Pairs de* 1835.

Il est fâcheux qu'il ait manqué le ministère, ou que le ministère l'ait manqué; car il eût été *inspiré* à son tour, et, grâce à lui, la feuille *officielle* eût été, à deux titres, un terrible *Moniteur;* et l'amnistie de ses prédécesseurs en particulier, n'eût pas été seulement un acte de justice et de prudence, elle se fût encore trouvée une nécessité d'amour-propre.

Post-Scriptum.

§ 1er.

LE ROI JUGÉ PAR SON PRÉCEPTEUR, ET PAR LUI-MÊME.

Nous trouvons dans un *Ouvrage fait* par Madame de Genlis *pour Monseigneur le duc de Chartres*, et que nous avons sous les yeux, les Maximes suivantes extraites par lui-même des Livres sacrés, écrites de sa main, et que nous allons, à notre tour, extraire avec une exactitude religieuse.

Le Précepteur commence par dire au disciple :

« Mes élèves, loin de n'aimer que l'indépendance, rechercheront les conseils, MÊME LES PLUS SÉVÈRES ; ils savent que « celui qui néglige les réprimandes s'égare..., que l'homme corrompu n'aime point celui qui le reprend, et ne va point trouver les sages » . PROV. ch. XI et XV.

« Jugez donc, Monseigneur, combien les obligations d'un prince sont étendues en matière de religion, puisqu'il réunit à l'élévation d'un si haut rang, les richesses, tout ce qui éblouit les hommes, tout ce qui donne sur eux une grande influence... Ce sont les princes qui, par leur exemple, altèrent ou fortifient la vertu du peuple, et c'est le *peuple seul* qui fait la renommée des princes. Oui, Monseigneur, ce ne seront ni vos partisans, ni vos amis, ni les savans, qui assureront votre grandeur; leur approbation sera vaine, si *le peuple* vous refuse la sienne. Sans *ce cri du peuple*, est-il, pour les petits fils d'Henri IV, quelque gloire solide? L'estime du peuple est d'autant plus flatteuse, qu'on ne saurait *l'usurper*. Le peuple a pardonné souvent des faiblesses ; il n'a *jamais* pardonné l'irréligion. IL VEUT QUE LES PRINCES DU SANG DE SES MAÎTRES (sic) remplissent avec exactitude tous les devoirs du christianisme. Ainsi, vous pensez toujours, Monseigneur, que le plus mauvais exemple est celui de l'irréligion. *Le peuple vous verra dans nos* temples, et c'est *là surtout* qu'il vous bénira. Votre conduite imposera silence à l'impiété, votre seule présence réprimera la licence...

« Au milieu des illusions du monde, que la raison vous rappelle toujours combien la durée de la vie est incertaine; *le Fils de l'homme* viendra à l'heure où vous ne l'attendrez pas. Songez qu'au sein même de la joie, la mort peut nous frapper... »

« Tout citoyen doit aimer *son roi* et sa patrie ; mais il est juste que cette affection soit *plus vive* encore *dans le cœur d'un prince du sang*, qui doit comprendre que ces nobles sentimens, fondés sur des rapports et des *liens* également *sacrés* et glorieux pour lui, augmentent l'éclat de sa dignité... »

« Telles sont, Monseigneur, les douces espérances que je conçois; si vous ne les justifiez pas, Monseigneur, vous SEREZ JUGÉ AVEC SÉVÉRITÉ; vous n'aurez pour excuse ni le malheur d'avoir reçu une éducation négligée, ni le manque d'instruction et de lumières. »

Cela donné, voici quelques unes des maximes *autographes* du jeune prince du sang devenu roi:

« Levez-vous devant ceux qui ont les cheveux blancs: honorez la personne du vieillard ». LÉVIT. 19.

« Que sert à l'insensé d'avoir de *grands biens*, puisqu'il ne saurait en acheter la sagesse? » PROV. chap. XVII.

« Si vous avez *beaucoup* de bien, donnez beaucoup. » TOB.

« Ne négligez pas l'hospitalité... *Souvenez-vous de ceux qui sont dans les chaînes*, comme si vous y étiez avec eux. » ST-PAUL, *aux Héb.* chap. XIII.

« Jésus-Christ, au jour du jugement, dira à ceux qui ont délivré des prisonniers : « *Venez, possédez le royaume qui vous a été préparé.* » ST-MATTHIEU. chap. XXV.

« Avertissez les disciples d'être soumis aux princes, de leur rendre obéissance. » ST-PAUL, *à Tite*. chap. III.

« Le prince qui écoute favorablement les faux rapports, n'aura que des méchans pour ministres... Le prince qui foule les peuples *excité des séditions* et des révoltes. *La miséricorde est la garde des rois,* et la justice le soutien des trônes. » Prov.

§ 2.

LE MINISTRE JUGÉ PAR LUI-MÊME.

« Il serait d'un bon citoyen, de ne pas *désenchanter* l'imagination publique.» (M. Thiers, *Monarchie de* 1830).

« La monarchie ne craint aucun complot, aucun talent. » p. 3.

« Je lui dois d'avoir abandonné mes études, perdu mon repos, essuyé de cruelles injustices, échangé une situation *sûre* contre une précaire. » p. 4.

« *Que* voulions-nous avant juillet? Une dynastie qui *nous dût* le trône. » p. 22.

« L'entraînement des esprits vers le duc d'Orléans, datait de 15 années. C'est à lui que s'adressait M. Cauchois-Lemaire dans ses *Lettres*... C'est au près de lui et avec lui que les bons citoyens allaient déplorer les fautes qui pouvaient perdre l'état. » p. 23.

« Il nous fallait une dynastie n'ayant à compter qu'avec elle-même et *avec nous*. » p. 27.

« Quand un pays est gouverné en sens inverse de ses vœux, il a le droit de briser le gouvernement. » p. 36.

« Toute la France, depuis juillet, a supporté sans se plaindre des impôts écrasans. » p. 41.

« Qu'y avait-il à faire? Une seule chose, je l'ai dit mille fois ; supprimer le roi et garder la monarchie. » p. 57.

« Juillet n'a changé ni la société française, ni les *éternelles lois* de la politique. » p. 58.

« CERTES, les cœurs n'étaient pas mauvais dans cette famille *qui n'a pas voulu* vivre avec nous. » p. 63.

« Telle était cette famille, étrange copie des Stuarts, famille infortunée qu'on voyait à peine, qui s'enfermait dans un nuage, et qu'on apercevait quelquefois emportée par huit chevaux. » p. 64. *Fabula de te*...

« Les Tuileries étaient *à nous*, et nous avons pu les lui donner. » p. 66.

« La conduite de la monarchie de 1830, pour rendre en deux mots : CLÉMENCE et *légalité*. » p. 69, 74, 78.

« La révolution de 1830 vient d'opérer la conciliation entre *tous* les partis. Elle n'avait *rien* à détruire, sauf la dynastie. » p. 71.

» La rigueur engendre la rigueur, et les révolutions vivent sous l'inexorable loi du Talion. » p. 73.

« Les conventionnels ont régénéré la France. » p. 75.

« La révolution n'a pas versé *une goutte* de sang. » p. 77.

« Elle a *promis* (aux Rois de France !), qu'ils ne seraient *jamais* INDIGENS. » p. 77.

Nous ne devions pas « conserver sur la voie publique *ces Croix gigantesques*, élevées par un dernier effort du fanatisme des missionnaires. » p. 79.

« Le mal n'est pas dans les conspirations, car *jamais* conspirateurs n'ont renversé gouvernement. » p. 82.

« En administration, les *moyens extraordinaires* peuvent servir un peu plus, mais en se ruinant. » p. 82.

« Comme si le gouvernement, parce qu'il était clément, avait dû souffrir que des *issus du même parti que lui*, essayassent impunément de dépaver les rues. » p. 86.

« Ils laissent *leurs* croix en l'air ; ils font des processions pour les voir outragées. » p. 88.

« Le gouvernement sorti d'une révolution sait exister sans *une seule* loi d'exception ; laisse *tout le monde* parler, *écrire, circuler*. » p. 142. 4.

TYPOGRAPHIE A. PINARD, QUAI VOLTAIRE, N° 15.

www.ingramcontent.com/pod-product-compliance
Ingram Content Group UK Ltd.
Pitfield, Milton Keynes, MK11 3LW, UK
UKHW021111220726
13924UKWH00004B/1642